青春文学精品集萃丛书·快乐系列

快乐是
美妙的幻想曲

《语文报》编写组　选编

时代文艺出版社

图书在版编目（CIP）数据

快乐是美妙的幻想曲 /《语文报》编写组选编. --
长春：时代文艺出版社，2022.3
（青春文学精品集萃丛书. 快乐系列）
ISBN 978-7-5387-6960-9

Ⅰ. ①快… Ⅱ. ①语… Ⅲ. ①散文集－中国－当代
Ⅳ. ①I267

中国版本图书馆CIP数据核字(2022)第021205号

快乐是美妙的幻想曲
KUAILE SHI MEIMIAO DE HUANXIANGQU

《语文报》编写组　选编

出 品 人：陈　琛
责任编辑：余嘉莹
装帧设计：任　奕
排版制作：隋淑凤

出版发行：时代文艺出版社
地　　址：长春市福祉大路5788号　龙腾国际大厦A座15层　（130118）
电　　话：0431-81629751（总编办）　　0431-81629755（发行部）
官方微博：weibo.com/tlapress
开　　本：650mm×910mm　1/16
字　　数：135千字
印　　张：11
印　　刷：永清县晔盛亚胶印有限公司
版　　次：2022年3月第1版
印　　次：2022年3月第1次印刷
定　　价：38.00元

图书如有印装错误　请寄回印厂调换

编 委 会

主　　编：刘应伦
编　　委：刘应伦　赵　静　李音霞
　　　　　郭　斐　刘瑞霞　王素红
　　　　　金星闪　周　起　华晓隽
　　　　　何发祥　朱晓东　陈　颖
　　　　　段岩霞　刘学强

本册主编：吴福荣　袁久钻

Contents
目 录

快乐是美妙的幻想曲

我的小本生意

赤壁之战的几种意外

目录

快乐是美妙的幻想曲

背着房屋去旅行

像草一样生活

郭子逸

不是每一个人都能成为香气四溢的鲜花，大多数人都是平凡的小草，都需要像草一样以一颗纯净的心对待生活。

在花的舞台上，草甘心当配角。春回大地，万物复苏，百花争艳，姹紫嫣红。多少诗人挥笔吟诵，写下赞美百花的诗句；而草只是默默地生长，铺满整片大地，甘当背景，让花可以尽情地展现它的美。这是一种无私的精神！在属于别人的季节，甘心做一个配角，让主角尽情地表演。

在机会来临时，草展现出自己蓬勃的生命力。常听人说"夏草疯长"，是的，在夏天，花期已过，草便在这个属于自己的广袤空间里尽情地生长。人也应该像草一样地生活。在时机没有到来之前，默默积蓄力量，甘当舞台配角；一旦机会降临，好好珍惜，拼尽全力，在属于自己的舞台上，尽情绽放。唯有如此，才能不留遗憾。

即使失败再多次，也要默默地将破碎的希望之帆修好。"离离原上草，一岁一枯荣。野火烧不尽，春风吹又生。"拥有旺盛的生命力想必是草最大的优点了。它们不怕被火毁灭，火只能将它们露在地表的部分烧掉，却不能焚烧掉它们的根，等到下一年春天，它们还会如期重生。在生活中，我们总是会遇到各种不如意，挫折与失败让我们伤痕累累，不敢再次远行。这时，何不像草一样，将希望根植在心灵的泥土中，在现实一次又一次鞭打我们时，不让其毁掉我们的自信。即使希望之帆一次次被巨浪卷入海底，我们仍要满怀信心地将它重新扬起！

不是每个人都能成为主角，所以我们要习惯平凡，并在平凡的日子里，像小草一样，追求一种不平凡的精神境界。

那吆喝声，走过四季

上官宸钰

那一声吆喝，给了我童年最美好的期待；那一声吆喝，穿透岁月，最终酿成思乡的美酒。那一株核桃树，承载了幼年时的小小身影，也承载了长大后的牵挂和思念……走过岁月，总是会留下深浅不一的脚印，会留下亲情、友情的芳香，留下一串串怀念，写不尽，说不完，不管是那一瞬间的回眸，还是静思时的怀恋，抑或是逝去的过往，都那么值得回味。

他就这样出现在那个午后。

"磨剪子嘞，锵菜刀——"浑厚的嗓音挤开繁茂的树叶，惹得树叶轻轻抱怨。他又来了，那声音似在耳边，似在天边，悠悠扬扬，温婉动听。爷爷从层层翠绿间探出头来，对我说："来，帮我把剪子拿去磨一磨。"

我乐呵呵地跑到院外。悠扬的吆喝声又一次响起，循声望去，只见一个黑色的背影，肩上扛着一条板凳，不疾不徐地走在小路上。我追上去，请他帮我磨剪刀。

那黑黝黝的磨刀石上留有一道道刀痕，正如他额上被时光雕琢的痕迹，他手上，满是岁月碾过的伤痕。"嚓嚓……"他技法娴熟，动作如行云流水。我听着磨刀的声音，不禁有些出神，直到那声音停下来，他收起磨刀石，我才回过神来。我给过钱，对他道了谢后，那吆喝声便渐渐远去了。

童年的记忆中，那吆喝声从新绿的春，步入深翠的夏，经由枫叶似火的秋，踏进漫天雪舞的冬。每一年，走过四季，每一季，悠悠飘扬。斜斜的花针雨毫无征兆地飘落，细如针尖的雨丝疏疏落落，掠过干枯的树枝，带着那吆喝声，带着童年的回忆，远去了。

雨 天 快 乐

李海燕

　　或漫步在校园、街头，或看雨雪飘落，或观窗外车流灯影……不经意间，心有所感，笔下生花，就有了随笔感悟。它是情和景的共鸣，是灵感的触发，是对生活的思考。时常观察思考，是对思想的锤炼，亦是收集写作素材的好方法。于繁忙的学习中，感受雨天的宁静和美好，需要一种沉静不浮躁的心境；感受生命的动人心魄，也需要抬起头来，扩展视野……除了学习任务，青春里还有很多美好，你可感受到了？

　　"嗒嗒嗒……"豆大的雨点拍打着我的窗，扰乱了我的思绪。我从书中抬起头来，窗外的雨越下越大，屋檐上的雨水越积越多，一波波沿着我的窗户玻璃流淌下来。

　　此时已渐渐入秋，窗外仍旧绿意盎然，雨水顺着叶片滴落到泥土里。这是入秋以来少有的一场雨。捧着茉莉花茶，手心里传来阵阵温暖，我就这样在这个不大不小的房间里静静地听着雨声。我故意将窗户开一条小缝，任凭调皮的雨滴从窗缝里"乘虚而入"。被雨水洗过的空气，夹着淡淡的自然的香，与茉莉花茶的香味交融在一起，沁入我的心脾。我突然觉得整个世界都安静下来了，只剩下我和雨……

　　快乐如此简单，仅仅是这样一场寻常的雨，我的心就莫名地被牵动了，我怀着愉悦的心情听完了这场雨。我多么希望它下得久一点儿啊！可我怎么能留得住它呢？就像留不住一道绚烂的彩虹一样，彩虹总是会消散，雨总有停的时候。可我并不悲伤，我知道，该来的总会来，该走的也留不住，而不论它来还是去，我都是快乐的。

　　雨停了，我手中的茉莉花茶也凉了。虽然我留不住这雨，但是我想我一定会怀念这个时刻，怀念这安静的雨和曾经温暖我手心的茉莉花茶。

这 就 是 我

夏 琳

身穿T恤和牛仔裤，脑后的马尾辫儿上绑着彩色丝带，这就是我，一个洒脱的女生。

我是一个爱说、爱笑、爱唱的快乐女生。

只要谈到我感兴趣的话题，我就灵感大发，思如泉涌，这样一来，话匣子就很难关上了，那排山倒海的气势，那一发不可收拾的磅礴气场，可以说令在场的每个人感叹连连。

怪谁呢？只能怪木讷的老爸和不苟言笑的老妈，他们的基因"负负得正"，生出一个整日嘻嘻哈哈的"怪女儿"！古人有云，女子要"笑不露齿"，我偏不走寻常路，一笑就露出两颗招牌大门牙。我的笑声豪放、热情，惊天地泣鬼神，有人评价说，其杀伤力绝不亚于"虎头怪"！

天生嗓音沙哑却极爱唱歌的我常遭受打击。"哎，我说夏琳同学啊，嗓音不好不是你的错，但出来乱号就是你的不对了！""夏琳同志，别吼了！噪声有损健康！"……但这样就能阻止我唱歌吗？不！谁说公鸭嗓不能唱歌？阿杜、刀郎、张柏芝……不正是俺的同门师兄师姐吗？我就喜欢唱，开心就唱！而且，我坚信，只要用心去唱，用情去唱，就会将歌唱好。

这就是我，一个叛逆而不失主见的开朗女生。

当"野蛮风"吹过大江南北、长城内外时，引出了一代代"追风者"，一批批"女汉子"接踵而至。别人说我是个彻彻底底的"女汉子"，但我认为自己只不过是一个敢爬树、嗓门儿大、走路步子大、脾气大的"假小子"而已，并非野蛮的"女汉子"。我可不想追风哟！

我是女生，大大咧咧的女生；我是女生，洒脱的女生。我是大家心目中的"开心果"，我也是一个"怪女生"！

我就是我，特立独行的我！

我的老师真"怪"

王　璐

当你第一眼看到这个题目时，一定会认为我太没礼貌了，怎么能随便说自己的老师"怪"呢？其实，真不能说我不尊重老师，实在是老师太"怪"了。

新学期，我们班由徐老师当班主任。他个子有些高，头发根根直立，一脸严肃劲儿，看上去还真有点儿像"鲁迅先生"呢。可开学没几个星期，我就满脸愁云，因为他的"怪"简直让我无法接受。

一般说来，哪个老师不喜欢优等生！徐老师应该也不例外。但渐渐地，我觉得他更喜欢成绩落后的学生，课堂练习他都让成绩落后的学生去板演；上课发言简直成了他们的专场；课后，他更是和他们形影不离，他们在课堂上没有学会的知识，他就不厌其烦地给他们讲解……

这些还不算什么，更让我无法理解的事还在后面。一次语文测验，我得了优秀，徐老师竟严厉地批评了我，说我考试态度不端正，因为试卷上很多错误都是由于我的粗心造成的。但有一个成绩落后的学生只得了及格，徐老师不但没有批评他，反而还竖起大拇指连声说："好样儿的，有进步！"我听了之后，心里特别不是滋味，得了优秀应该受到表扬，而我却遭到了批评；应该被批评的及格分数却得到了表扬，真不公平。你说这老师怪不怪？

一学期很快结束了，期末考试结束后，我惊讶地发现，不但那些成绩落后的学生赶上来了，优等生的成绩也得到了提高。啊！我明白了：徐老师更关照成绩差的学生，是为了增强他们的信心，激发他们的学习兴趣；对优等生要求严格，是为了让他们能精益求精，更上一层楼。

如今，我已改变了对这位"怪"老师的看法，也从他身上得到了许多启示。这就是我的"怪"老师，你喜欢这样的老师吗？

我 的 爱 好

谢晶莹

曾祖父常告诫我，要多阅读，增加知识，提高自己的文化修养和品德，但我总当耳边风，有空便去玩耍、去寻乐。

去年，曾祖父离我而去。我悲伤至极，常常想起他的叮咛——"开卷有益"。为了怀念我敬爱的曾祖父，我一有空便拿起书本。如此，不知不觉当中，阅读便成了我课外的爱好。

我喜欢独自一人，坐在窗前，翻看从图书馆借来的小说。在幻想世界中，我可以暂时忘记生活中的不愉快和压力。有时我真的会觉得自己是书中的"路人甲"，忘记了自己只不过是在读书。渐渐地，我发现我的阅读速度明显加快了，从以前一个月读一本书，到现在一个星期就可以读完一整本书，有时还能读完两本。同时，我的阅读理解能力也变强了。特别是我的语文成绩，更是进步神速，爸爸妈妈可高兴了。

也许是读了很多小说的缘故，我开始觉得写作文不再是件苦差事了。而且自从跟"书"交了朋友之后，我快乐多了，也聪明多了，走到哪里也不会寂寞了。但是我的视力却因此渐渐下降了。现在我学会了节制，因为我发现对任何事情，无论好与坏，太过专注、太过沉迷都会造成不良的负面影响。

　　我敬爱的曾祖父，您放心吧！我会铭记您"开卷有益"的教诲，把您教给我的这一爱好——读书，贯穿我的一生，好好读书，好好做人。

背着房屋去旅行

郭怡澜

看到这个题目，你一定很奇怪吧？我在一本书上看到英国有一种可折叠的房屋，而且造型都是动物的形状，有老虎、狮子、斑马、羚羊……走到哪里，就可以背到哪里，它和我们的家一样，可以在里面做饭、睡觉。

我想，如果我有一个这样的房子，我就背着房屋和爸爸妈妈一起去旅行。我们先拿上一条绳子，再把房子折叠好，四周绑紧，不过还要像书包那样留两个背带，我们三人可以轮流背，一人一天。我们背上房子出去旅行或游玩，这样我们要是饿了、渴了，就在房子里吃饭、喝水就行了。

我首先要去英国，去参观白金汉宫、唐宁街10号、大英博物馆、威斯敏斯特宫、伦敦塔、海德公园、格林尼治天文台、福尔摩斯博物馆……

我还要在房底装上四个车轮，厨房里再安上方向盘，这样背累了还能开着走，不过伦敦市内肯定会堵车，我们到了商场，把房子折叠好再背起来，就可以进去买东西了。

我开着我的房子汽车，再到加拿大，听说有一个叫哈利法克斯的小城，泰坦尼克号遇难者的墓地就建在那里，我非常想去看看杰克的墓碑是什么样子的。卡梅隆当年就是看到这个墓碑，灵感迸发，于是就有了那部世界著名的电影。晴朗的日子，我想背着我的房屋出海，也许可以在海上航行很长一段时间。

我们去原始森林，把房子撑开，我就可以到林子里和动物对话了，多么快乐呀！原始森林的树木长得高耸入云、枝繁叶茂，把天空遮得很严实，太阳只能从树叶的缝隙里撒下斑斑点点的阳光，这简直就是名副其实的"鸟的天堂"。

这是多么美妙的旅行啊！真希望有一天我真的能够背着这样的房子去旅行。

树叶的梦想

萧凯允

深秋，南方的城市里，树叶依然挺立在枝上，青青翠翠。此时的北方，应该已是另一番景象了吧？

和妈妈走在回家的路上，望着路边的大树，我想起了去北方外婆家时，看到的纷飞的落叶。

"宝贝，你有梦想吗？"妈妈拉着我的手突然问。

梦想？我愣了一下，当然有，但有又怎么样？从我记事起，您就拉着我，一会儿学语训，一会儿学舞蹈，不然就是钢琴、英语，到头来，还说我什么也学不好，白花钱！我喜欢画画，可您只让我学了一个学期，就说我没天分，把课程终止了。您不知道我有多喜欢那些缤纷的色彩，我希望它们经我的手能变成一幅幅绚丽的图画。它们带给我的快乐是无法言喻的，可惜，我掌握不了自己的快乐。

"怎么，你都没有梦想吗？"妈妈继续问我。

"有啊，我要做一片北方的树叶。"我望了一眼树上随风摆动的树叶说。

"树叶？北方的？"

"是，北方的树叶。春天从一枚黄黄的嫩芽开始生长，到了夏天，变得又绿又壮，能经得起烈日的暴晒和雷雨的冲刷，到了秋天，风一吹，它们就挣开树妈妈的怀抱随风起舞，跟着秋风游遍天南海北。我想去内蒙古，描绘一望无际的大草原。我想攀登喜马拉雅山，勾勒珠峰的线条……"梦想的话题让我一时忘情，收不住话尾。偷望妈妈一眼，她似乎被滔滔不绝的我吓了一跳，半晌不接话。

　　"嗯，那树叶旅游之后，到了冬天，去哪儿了？"

　　这个问题太简单了，让我不相信自己的耳朵。"它们在风雪中蜕变，等到来年春天，它们就会化成养分，输送给大树，让新叶子长得更好。"见妈妈没有驳斥我的异想天开，我放下心来。

　　"是啊，只要下一代好了，我们就好了。妈妈承认有时对你严厉了些，但内心深处是希望你快乐的。刚才看到你说起梦想时神采飞扬的脸，我才明白快乐对你才是最重要的，走，回家帮妈妈画幅肖像吧。"

　　妈妈笑了，好美！这个秋天，好美！我将重拾画笔画下这一切，画出我的快乐！

顶纸赛跑

王一茗

提到赛跑，我可是信心十足的，可今天陆老师却叫我们顶着纸赛跑，这可是"大姑娘上花轿——头一回"！大家都兴奋极了，教室里炸开了锅。

每个队都选好了一男一女作为代表，我们队的队员是季杨和我。

比赛开始了，首先进行的是"娘子军格斗战"，选手们一个个胸有成竹：第一队派出的是极有平衡感的董语飞；第二队派出重量级的"压轴大牌"石雨庆；第四队出战的是"平头大婶"尹佳杰；当然还有第三队派出的无比紧张的我。虽说我的跑步很棒，可顶纸赛跑可是个技术活儿，不但要速度快，还要保持平衡。我的平衡感从小就不好，我好担心啊！

胸中敲着大鼓，我接过陆老师手中那张薄薄的纸，仿佛这是关乎命运的"生死簿"一般！同学们在下面议论纷纷，都希望自己的队获胜。

"开始！"陆老师一声令下，我双手握拳，梗着脖子，哆哆嗦嗦地起步了，好容易用我不是很擅长的"凌波微步"走了一小段，耳边传来第四队那边的"唉"声一片，不用说，肯定是他们队出状况了。我这边稍一分神，头上的纸也想要凌空飞去，急得我赶紧把头往前一伸，还好有惊无险，纸被我接住了。

不知别的选手情况如何？我们队的吴可菲似乎看出我无法观察"敌情"的痛苦，大声说："王一茗，加油啊，石雨庆和董语飞都比你快！"吴可菲的话音刚落，石雨庆头上的纸就"哗"的一下飘离啦！天助我也！可是董语飞在我前面已经走过了一半的路程。

比赛进入了白热化阶段，我和董语飞互不相让，下面的同学也感觉到了紧张的气氛，都安静下来，就在这千钧一发之际，董语飞头上的纸轻盈得如仙女一般飘了下来，我则抓住机会，稳稳当当地跨过终点，哈哈，我赢啦！

比赛结束了，回想比赛过程真是有趣，它不但让我锻炼了平衡能力，也让我知道，有时候忍耐力更重要，笑到最后才是真正的胜利！

可怜的小狗，祝你平安

任超男

清晨的阳光缕缕落在身上，路边的迎春花开得正旺，似乎连空气都在微笑着，一切都舒服而惬意。

我慢慢地走在去英语课外班的路上，心情好极了！忽然，从路边的胡同里传来女人的骂声："连个家都看不好，给我滚出去！"

我向胡同深处望去，一个女人恶狠狠地把一只小狗踢了出来，小狗的呜咽声让我听着觉得特别难过。

小狗在一边叫了几声，又跑到家门前叫了起来。叫了一会儿，它的女主人出来了，怒气冲冲对小狗吼了一声："滚！"那女人扭头看见了我愤怒的脸，便冲我嚷了一句："看什么看！"说完，又"哐当"一声重重地关上了门。

我愣了一下，无可奈何地叹了口气。

小狗无助地望着自己的家，不停地叫着，声音都哑了。我忍不住走向前，蹲下来看着小狗说："你别叫了，没有用的。"不知道是小狗叫累了，还是听懂了我的话，它安静了下来。

小狗抬起头看了看我，眼神里流露出一丝恐惧，害怕地后退了几步。

我轻轻地抚摸着它，渐渐地，小狗不再害怕了，它温顺地趴在我身边。它身上脏兮兮的，白色的皮毛已经变成了灰色。我从超市里买了两根火腿肠剥开，放在它面前，它狼吞虎咽地吃了起来，我想，它大概已经好几天没吃过东西了吧！

这时，我的电话手表响了，原来是英语班的刘老师没有等到我，着急了。我挂了电话，看了看小狗，不知怎么办才好，我总不能带着小狗去刘老师家上课吧，怎么办呢？

我恋恋不舍地拍了拍小狗的头，把它留在了巷子里，准备下课后再来接它。英语课上，我总是担心小狗，始终没有办法认真听讲。刘老师见我注意力不集中，就问我怎么了。我给他讲了小狗的事，刘老师无奈地叹了口气。

好不容易熬到下课，我立刻飞奔到那个胡同去看小狗，可是小狗已经不见了。我懊悔极了，当时我为什么不把小狗送回家再去上英语课呢！我在巷子附近找了很久，可始终没有找到它。

回家的路上，我的脑海里全是小狗的身影，面对这样的事，我无可奈何！天空似乎不再蔚蓝，阳光似乎不再明媚。迎春花的香味在弥漫，我却感到一阵心酸。夕阳把我的影子拉得老长老长，我只能在心里为小狗默默祈祷：小狗，希望你可以平安！

如果黑夜没有了

我家的"阿呼"

李飞艳

　　"阿呼"不是什么人，是我家的一条狗。

　　"阿呼"是我给它取的名字，很难懂吧？其实，我就是希望我一呼唤它，它听见后就能赶快跑过来。

　　"阿呼"刚被买来的时候，一身金黄的毛，身子蜷缩在一起，一双大眼睛胆怯地打量着我家，那眼神好像很无辜、很害羞似的，样子很惹人喜爱。我第一眼看到它，立刻就喜欢上了它。

　　之后，"阿呼"就成了我家的一员。我常常带它去跑步，我在前，它在后，或者它在前，我在后。渐渐地，我们变得很亲密。在学校里，同学是我的好朋友，而在家里，"阿呼"就是我的好朋友。我会经常给它一些吃的，而"阿呼"一见到我放学回来，就跑到我面前，用嘴咬着我的裤子，好像在说："我们去玩吧，我等你好久了。"于是我就放下书包，带着它来到田野里，和它一起玩。"阿呼"到了田野里，可贪玩了。它总是忽而向东跑，忽而向西跑，到处撒野，兴奋得很。有时候，它见到一条虫子也会惊奇得要命，"汪汪汪"地叫个不停。它不停地跑，一会儿跑到山上去追飞虫，一会儿跑到田沟里去喝水。总之，它特别开心，这个时候，我也特别开心。

　　"阿呼"虽然很好玩，但是也有凶的一面，有时候，见到陌生的人到来，它会发出"汪汪"的叫声。这个时候，我就会立即阻止它。"阿呼"倒也很听话，见我阻止，它也会乖乖回到自己的窝里去。

　　渐渐地，"阿呼"长大了。既然已经长大了，就要履行自己的职责——看家护院。有一天，家里来了客人，"阿呼"不认识他们，便"汪汪"地叫着发出警示。我连忙跑出去一看，原来是爸爸的朋友。我把"阿呼"唤到面前，摸摸它的头，示意它：没事，去玩吧。"阿呼"就摇着尾巴跑出去了。

　　"阿呼"渐渐长大，我也渐渐长大了，我越来越喜欢"阿呼"了，喜欢它的淘气，它的可爱，它的尽职尽责。

垃圾"被盗"

赵梦泽

"又被盗了。"我边摊着手边说，而妈妈则在一旁微笑着。你一定会想，东西被盗了还这么高兴？是的，你一定疑惑不解，那就让我这个"侦探"把事情的原委一一道来吧！

一、不翼而飞

话说那是一个月黑风高的夜晚，在妈妈的"威逼利诱"下，原本在看课外书的我，只好理清垃圾，走下楼，让它们"安家落户"。可胆小的我一看外面黑漆漆一片，只好让垃圾暂时在门口"留宿一晚"了。可意想不到的事发生了，早上起床，开门一看——哟！垃圾不翼而飞了。我心里暗暗自喜，真是"老天有眼"。可接连几天，这样的事一而再再而三地发生，我不禁产生了疑问：难道垃圾有脚，自己跑去垃圾筒了？我把这件事告诉了妈妈。在妈妈的鼓励下，我展开了自己的"调查"计划。

二、出谋划策

这个"小偷"到底是谁呢？我带着种种疑问，通过各种"渠道"来了解。先去保安室，我瞪大眼睛把监控录像从头至尾看了一遍，却一无所获。妈妈则在小区里巡逻，同样白费功夫。唉，这个盗垃圾的高手可真是神出鬼没啊！看来，不下点儿苦功夫不行了，我们只能另施高招了。我和妈妈根据种种迹象进行了一番推测：这位盗垃圾的高手作案时间是早上六点左右，而且对这里的环境了如指掌。嗯，目标锁定，一定是我们这幢楼的住户。妈妈和我还拟定了一份"抓捕计划"。一条妙计涌上心头，嘿嘿，明天一定让你"现出原形"。

三、真相大白

第二天早上六点不到，我就悄悄把垃圾放在了家门口，在门后蹲着，而妈妈则躲在楼梯的转弯处，只要家门口一有动静，我和妈妈就来个"两面夹击"，把这位盗垃圾的高手"逮捕归案"。一切准备就绪，过了五分钟，楼梯上响起了一阵脚步声，我的心怦怦直跳，蹑手蹑脚地站起来，从猫眼里一瞧，只见有个人正在左顾右盼，见四周没人，飞也似的拎起垃圾，准备跑下楼去。说时迟，那时快，我和妈妈迅速来了个"前后包抄"，她就这样乖乖地"束手就擒"了。我定睛一看，天哪！"小偷"竟是她——楼上的陈奶奶。这真让我们目瞪口呆。

四、成为"小偷"

陈奶奶被我们俩请进屋，我润了润嗓子说："陈奶奶，您可以不老实交代，不过您说的一切都将作为呈堂证供。坦白从宽，抗拒从严，请您老人家如实招来吧。"陈奶奶点点我的鼻子说："好好，你这个鬼机灵。"接着她把事情的经过一五一十地说了出来：陈奶奶的老伴儿前年去世了，儿子和女儿都不在身边，她一个人住在楼上，去年生了一场大病，多亏妈妈和邻居们的照顾才慢慢好起来，她无以为报，就想着给大家倒个垃圾，做双鞋。邻里之间的关怀和友情应该是互相的，听着奶奶的一番话，我和妈妈也决定加入"盗垃圾"的行列。

从此，"侦探"变成了"小偷"。每天早上六点左右，你都会看到一老一少，外加一位中年妇女，在贼头贼脑地"盗"垃圾，而且我们的队伍还在不断壮大着……

语言的温度

周芊芊

校园是一个大大的舞台，这里有我们奋斗的激情，有我们拼搏的汗水，有我们绽放的青春，有我们珍贵的友情，还有老师们或可爱或严肃的面孔，或挺拔或洒脱的身姿，或幽默或严谨的教学风格。菁菁校园里，我们领悟老师的谆谆教诲，感受勇于展示自我之后的欣喜，体味紧张学习之后马上要放假的轻松，品尝友情的喜悦……

教室里，灯光下。期中考试的数学卷发下来了，几家欢喜几家愁。窗外，一切原本清晰可见的轮廓在阴沉的天空下变得模糊不清了，雨"唰唰"地下着。

"周芊芊，你跟我来。"

是数学老师，这声音显得特别可怕。我站起身，每向前挪一步都好像在黑暗的海底行走，巨大的压力向我压下来，使我喘不过气来。

"周芊芊，你这次考了多少分？你是怎么做题的？拿做题当画画吗？"他的眼睛始终盯着眼前的一个点，讲话的声音越来越大，好像有很大一团烈火在他心中即将蔓延开去！

　　他拿出那张试卷，边说边用手指用力地点着那些题目。"这一题，1加4怎么可能等于6！这题不知说了多少遍，你哪有用心，根本没用心……"他说的话好像火焰，我感觉一簇一簇熊熊燃烧的火苗从他眼里、嘴里喷出来，落到我的脸上、头发上、肩膀上，乃至全身。

　　窗外的雨越下越大，雨敲打地面的声音听起来很刺耳。我觉得好冷，寒气不知道是从哪里钻出来的，慢慢侵蚀了我整个身体。

　　原来，语言是有温度的，这一刻，它是冷的。

　　时间好像也停下来嘲笑我，我屏息着，不敢发出一点儿声音。若不是他突然再次发声，我以为时间冻住了。

　　"周芊芊，老师对你最信任，期望最大。你总是觉得自己不够聪明，学不来数学。但你想想，上次月考你是咱们班数学第一。老师很早以前教给你的话是'勤能补拙，静能生慧'，这是古人经过几千年的沉淀总结出来的话，我拿来与你共勉，可你早就忘到九霄云外了。今天老师再教你一句话：'星星哪里都有，就看你有没有看它们。'"

　　此时的他，像一位学识渊博的哲学家，慈祥的双眼闪着对我的关爱。他的话像一根细长而锋利的银针，精准地插进我的穴位里，不痛，却又酸又沉，还痒得钻心，这时，我感觉一股暖气缓缓上升。

　　原来语言是有温度的，这一刻，它是暖的。

我愿做阵清风

梁玉燕

若是有轮回，我愿做阵清风。

清风的脚步从没有人可以阻挡，遨游于天地之间，自由自在，无忧无虑。世上最美好的事不过如此。

早晨，清风早早地醒来，怀抱着第一抹温暖的晨曦，穿梭于山间，吵醒了所有贪睡的嫩芽儿，吹开了漫山的茶花，这时，仿佛天地间满是碧螺春的气息。

日暮，晚霞染红了海水，海浪轻轻地拍打礁石，也别有一番情趣。清风倚在礁石上，享受着这磅礴却柔美的景色。

夜晚，月光似水，倾洒在海面上，海面渐渐平静；倾洒在沙滩上，给沙滩蒙上了一层银白的帷幔。连穿梭于天地之间的清风也不例外，穿上了白纱裙，它不肯打扰了这份宁静，踮着脚尖，提起裙摆。

若是有轮回，我愿做阵清风。

我想做个风的"义工"。我愿把山中茶花的香味带到城市，驱散熏天的臭气，别再危害其他生灵。我愿把花种带到各个屋檐、花园，让这片美好扩散到全世界。

我想做个风的"旅行家"。荡一荡世界上不同种类的枝条，戏一戏世界上不同种类的落叶，闻一闻世界上不同种类的茶花，走一走世界上不同的角落。轻轻翻起海浪，远远地观赏唯美的日暮景象，结识不同的伙伴，轻轻亲吻孩子熟睡的脸庞，祝福他们一世无忧。

若是有轮回，我愿做阵清风。

爱 的 捷 径

吴诗颖

窗外的雨已经下了整整一天，我呆呆地坐在窗前，任凭淅淅沥沥的雨声把我带回妈妈的身边，去寻找爱的捷径。

忘不了那清凉的一盆水。从小到大，我养成了一个习惯，总喜欢在一大早跑进厨房，缠着妈妈在我圆圆的脸盆中盛入清凉的水。取下毛巾，浸入水中，拧干，在脸上细细地擦一遍，以干净的面容去面对新的一天。妈妈总说我长大了，该自己接水了。可每当我早上起来，妈妈都已经接好了一盆清凉的水，说："快洗吧，洗好了吃饭。"

哦，原来，爱是这么简单，有时是一盆清凉的水。

忘不了那温柔的目光。妈妈的目光是那样善解人意。每当我取得了好成绩，妈妈的目光里就充满了赞许，同时，又好像在告诫我："要谦虚，不要因为眼前的一点儿小成绩而迷失了方向。"而当我在考试中失利或在生活中遭受挫折时，妈妈的目光里便充满了安慰，像在激励我："失败是成功之母。不经历风雨，怎能见彩虹？"就这样，在妈妈的目光里，我明白了许多道理，学会了要做一个谦虚乐观的人。

哦，原来，爱是这么简单，有时就是一束目光。

忘不了那雨天温暖的肩膀。从小到大，每次下雨时妈妈都会撑着我最喜欢的那把天蓝色的雨伞来接我。走在回家的路上，妈妈总要用她温暖的胳膊搂住我，伞也不听话地向我这边斜来。凉凉的雨水打在了妈妈露在伞外的胳膊上，妈妈却毫不在意。

哦，原来，爱是这么简单，有时就是一双温暖的臂膀。

"砰——"开门的声响把我的思绪拉了回来，爱，原来就是这么简单！望着窗外的雨，我笑了。

报 复 计 划

李富华

　　我有两个表姐，但她俩的脾气、性格完全不同。大表姐事事都让着我，二表姐却截然相反，处处挖苦我，我觉得她是世界上最丑、最坏的表姐了。

　　你看，她长得胖胖的，矮矮的，全身没有一处长的东西，只有一条舌头最"长"。我最讨厌的就是这条舌头了，整天不停地说我坏话。记得有一次，我们一起出去郊游三天，她从起程到回来的路上，不停地给我起外号，总计不少于三十个。我烦透了这个二表姐，总想着找机会报复她，哼！让她知道小孩儿不好惹！不好惹！

　　有一天，家里有客人来，还带来一大包礼物，我偷偷地看了看，哇！巧克力饼干、牛奶巧克力、曲奇巧克力、奶油巧克力……都是我最爱吃的！可妈妈一脸严肃地对我说："你不能吃，你已经是一个小胖子了，再吃的话，一定会变成一个大胖子的！"我只好咽了咽口水。

　　我不能吃，那谁可以吃呢？我灵机一动，想到了二表姐，巧克力可是她的最爱！嘻嘻，那我就做回好人，通通送给她吃吧！

想到这儿，我心里暗暗得意起来。于是，我"一脸诚恳"地对妈妈说："那送二表姐吃，行不行？""你现在想到二表姐了？你俩不是天敌吗？""现在不是了。""那好吧，明天给她送去吧！"

第二天一早，我带上所有的巧克力，兴高采烈地来到二表姐家。一见到她，我就赶紧拿出"礼物"送给她。她一边吃着巧克力，一边说："看来我以前给你取外号是不对的，你对我这么好，我都不好意思了。""没关系，没关系，谁叫咱俩是姐弟呢？你开心就行了。"我大度地一摆手，"以后再有巧克力，我一定送给你！"

在回家的路上，我忍不住哈哈大笑起来。妈妈问我："什么事这么开心呀？""我把巧克力送给表姐了。""送就送呗，干吗这么开心？""肥——死——她！"我一字一顿地说。妈妈听懂了我的意思，笑着说："小坏蛋，净动坏脑筋！"

我以为这是世界上最完美的报复计划，但最后表姐也没有变成一个大胖子。不过，表姐再也不给我取外号了，我也没有再动过报复她的念头。

硬币圆舞曲

鲍浦栋

硬币也能跳起圆舞曲，你信吗？今天我们就玩了个"硬币圆舞曲"小游戏。

老师刚说完规定，全班同学就齐刷刷地站了起来。"预备——"同学们都摆好了姿势，"开始！"陆老师一声令下，我用力一转，可是硬币并没有如我所想的那样转动，一开始就像脚抽筋一样晃来晃去，三秒钟便倒了下去。我满脸沮丧地坐下，倒计时还在继续，不断传来硬币倒下的声音。

正当大多数人唉声叹气之时，陆老师却笑了笑说："刚才那是给你们预热，真正的硬币圆舞曲大赛现在开始。"我一听，再次挺起腰板，站在座位前。"预备——"我不知为何有点儿紧张。"开始！""嗞"的一声，一个完美的发射，硬币转成了一个小银球。哈哈，圆舞曲跳起来了！只见这枚硬币就像一个踮着脚尖跳着轻柔舞蹈的小精灵，她拉着自己的银纱，跳着轻快的舞蹈，那银纱上还有一朵若隐若现的菊花呢！我不禁扬扬得意，周围已经传来了硬币"中弹"的声音。

可好景不长，我的硬币开始体力不支，像醉了一样，立又立不起来，倒又倒不下去，沉重的步伐代替了优美的舞姿，开始东摇西晃。她晃到桌前，好像在炫耀自己的本事。可是她越炫耀，我的心就越提到嗓子眼儿，眼见硬币已处在桌子的边缘。"啊，快回来，你只要再走一步，那就是万丈深渊，到时谁都救不了你呀！"老天保佑，硬币似乎听到了我的心声，开始往回走，我松了一口气，真是悬崖勒马，为时不晚。

周围"战士"牺牲的声音犹如交响曲，我的硬币也好不到哪儿去，沉重的舞步变得缓慢，可我却帮不了她。"3——2——""砰"的一声，我的硬币躺倒在桌子上，紧随其后的便是老师的"1"字。我一屁股坐在了椅子上，想要夺冠的那颗雄心也跌落了下来。

看看那些硬币还在转动的同学，别提有多得意了，就像一个个打了胜仗的将军。我暗下决心，和我的硬币击掌盟誓：下次一定夺冠！

蒲公英之旅

陈杰敏

随着微风的抚摸，鸟儿的一声"早安"，我懒洋洋地睁开了睡梦中的眼睛，抖了抖雪白的连衣裙，观望着世界。

我是毛茸茸的蒲公英，我在草地上生长着，周围是一片雪白的蒲公英之海，它们都是我的朋友。阳光从云层蹦出的那一刹那，我享受着晨曦的第一缕阳光，阳光的沐浴中夹带着一丝软绵绵的微风，一种惬意的感觉散布在我身上。随着小鸟的再一次啼啭，草地上的蒲公英一齐欢快地随着风儿舞蹈起来。

我原以为自己会平凡地安安静静地生活在这片草地上，可是没想到，风哥哥的一阵猛跑，让我摔了个跟跄，然后，我犹如一只翩翩起舞的蝴蝶，在空中不停地旋转。我被风哥哥带入了一个新的世界。小小的山坡上，一片茂密的小树林，每一棵树都挺拔着身躯，树上的一片片叶子已穿上绿绿的燕尾服，准备参加盛夏典礼，那"沙沙"的声音传递着它们的喜悦。

我看了看身旁，草地成了一片绿色的海洋。一阵阵风拂过，生机勃勃的绿草随风舞蹈。这时，远处的几只鸟儿停留在摇摆的树枝上，伴随着风儿的旋律唱起美妙的歌儿。几只蝴蝶乘着风儿蜻蜓点水般在草尖上跳舞，画出一条又一条美丽的弧线。风中舞动的植物，造就了一个最绚丽的舞台。

　　近处的一片花海，令人眼花缭乱，雪白，淡紫，浅粉，玫红……芬芳的气息在空中弥漫、散开。一簇簇花朵婀娜多姿地左右摆晃，五颜六色的色彩在缓缓流动。阳光下，一朵朵花儿争鲜斗艳，好像要与蝴蝶比美。

　　"叽叽叽——"一群小鸟停在枝头，谈论着夏天的盛装舞会，期盼着秋意的到来。

如果黑夜没有了

倪艺畅

这日子真是无聊，为什么过了一个美好的白天，黑夜就要登场呢？我好讨厌这无穷无尽的黑夜！请你消失吧，黑夜！

哈哈，令人狂喜的日子居然真的迎面而来——从这一天起，黑夜果真消失了。

"走咯，我和同学去玩了。"我跟老妈道了一声"拜拜"，就来了个潇洒的转身，一个箭步冲向外面。

我早已约了同学，一起在碧绿的草地上嬉笑奔跑。我们抬头望着碧蓝如洗的天空，又侧耳倾听枝头鸟儿的歌声，再俯下身子抚摸路边各色的小花。顿时，我们感到心旷神怡："同学们，尽情地在阳光下玩耍吧！再也没有黑夜来结束我们快乐的时光啦！"

对了，今天刚好是12月25日，是外国人的节日——圣诞节。虽然我不是外国人，但我也在心里偷偷地盼望着圣诞老人的光临。当晚，我不用老妈催促，赶紧上了床，并把一只一直舍不得穿的红色羊绒袜小心翼翼地挂在床头。

准备就绪，躺在床上的我，心"咚咚"地跳着："圣诞老人一定会给我送来礼物的！会是一个迷你'大白'？还是一颗甜甜的糖果？……"

可是，一个小时、两个小时、三个小时过去了，圣诞老人怎么还没来？我实在憋不住了，跳下床，打开了窗户——天哪！深夜十二点天怎么还亮着？"哦！"我一拍脑袋，恍然大悟，"从今天起黑夜不是没有了吗？没有了黑夜，圣诞老人那装满礼物的袋子自然也就不会出现了呀！"

"唉！"第二天同学们来上课时，个个都像打蔫儿了的小花，无精打采地唉声叹气，课堂上居然都打起了瞌睡，不一会儿教室里响起一阵阵呼噜声，居然还此起彼伏。

看着这一切，我强忍着睡意。看来，没有黑夜还是不行呀！如果没有足够的睡眠，同学们怎能振作精神学习？如果没有黑夜，圣诞老人又怎么会给我们送礼物？我还想把礼物送给远方的小朋友呢！

黑夜呀黑夜，还是请你快快回来吧！我们绝不能没有你呀！

我治好了妈妈的"唠叨症"

薛婷方

妈妈上得厅堂，下得厨房，能文能武，身怀绝技。但是妈妈有一个令我头疼的毛病——唠叨。

每天从早晨睁开眼，到晚上闭上眼，我的耳边都伴随着妈妈喋喋不休的唠叨声，让我心烦不已。我哀叹自己真像戴了紧箍儿的孙悟空啊！为了落一个耳边清净，我下定决心，无论如何要治好妈妈的"唠叨症"。

我想出了三套治疗方案。第一套搜集证据。只要妈妈一唠叨，我就拿起提前准备好的本子和笔，"唰唰唰唰"，把妈妈唠叨的内容一五一十地记下来。连续记了好多天，我觉得分量足够了，于是，把"唠叨罪证"拿给了妈妈。妈妈看到密密麻麻的记录，很吃惊地问："我有这么唠叨吗？"我坚定地说："有！"妈妈挠挠头，不好意思地笑了笑。

可是，认识到自己唠叨是一回事，改又是另外一回事。第二天早上我刚睁开眼，妈妈的唠叨声就排山倒海地冲进我的耳朵："妮妮，赶快起床！天冷了，多穿条裤子！认真洗脸！把牙刷干净，当心蛀牙！饭凉了，赶紧吃饭……"我头痛欲裂，不耐烦地说："妈妈你别说了，我都干完了！"妈妈的唠叨声还在继续："书包收拾好了吗？带好水！在学校要认真听讲……"在妈妈反反复复、无休无止的唠叨声中，我像箭一样冲出了家门。

没办法，我使出了第二套方案——以其人之道还治其人之身。有天傍晚，妈妈下班，我像小尾巴一样跟进了厨房。我装模作样地提醒她："妈妈你洗手了吧？姥姥告诉我，菜的大小要切均匀哦。哎呀！油都冒烟了，菜赶快下锅啊……"就这样，我像个小监工一样不停地念叨着。忙得热火朝天的妈妈终于不耐烦了，转过身来大声地说："别在这儿添乱了，快回去写你的作业！"嘿，效果达到了！在妈妈的火山还没有喷发之前，我一溜烟地跑了。想到小诡计得逞了，我一边写作业，一边暗暗自喜。

为了巩固疗效，晚上我继续使出第三套方案，和妈妈沟通谈心。我走到她身边，妈妈有点儿意外，问："有事吗？"我郑重其事地说："妈妈，我长大了，能做好自己的事情，请你不要每天唠叨我、提醒我同样的事了，行吗？你做饭时，不是也不喜欢别人在一旁唠叨吗？己所不欲勿施于人嘛！"妈妈愣愣地看着我，沉默了很久，一把搂住我，欣慰地说："我懂了，我们家妮妮真的长大了！"

从此以后，妈妈的"唠叨症"很少发作了，我也努力地做好自己的事情，改变着自己的"拖延症"。

同学们，你家有这样因为爱而唠叨不止的妈妈吗？用我的治疗方案试一试吧！

何"最"之有

李博翔

我的班主任王老师与众不同，虽然年过五十，可岁月不曾在他脸上留下蛛丝马迹。是否有灵丹妙药？在我看来，他有几处"最"，他究竟何"最"之有呢？

最　逗

"值日生日理万机啊！本职工作擦黑板都忘到脑后了。"来上课的王老师看着满黑板龙飞凤舞的字迹，感叹道，"看来本师我只有亲力亲为了。"他拿起黑板擦刚要动手，突然像哥伦布发现新大陆一样欣喜若狂："山重水复疑无路，柳暗花明又一村。"原来老师发现黑板左上角有一块"净地"，但因为净地海拔太高，他只好踮着脚尖，伸直胳膊，用指尖拿着粉笔奋笔疾书，还用力拿左手扶着黑板作支撑。他穿着黑色的西装，白色的粉笔末落在上面，就像漆黑的夜空中闪闪发亮的星星。老师艰难地写好了要求，累得气喘吁吁，一转身，一串"高端大气上档次"的金句令人喷笑："身高真是硬伤啊！累死宝宝了。"不鸣则已，一鸣惊人，顿时，全班哄堂大笑，王老师还忘我地甩甩头，若无其事。

最　酷

还有一次，一位同学在作文中说王老师个子矮，他一脸不服气，狡辩道："浓缩的都是精华，像我，灌篮高手一个。"同学们有的摇头，有的摆手，教室里嘘声一片。为了证明所言不假，他从讲台上来到教室过道，大言不惭道："看我给你来个助跑式三大步上篮。"我们欢声雀跃。只见他先提提裤子，蓄势待发，突然，以迅雷不及掩耳之势一下子跑起来，嘴中还念念有词"一二三"，脚步跟着声音三步上篮。微胖的身子像个闪电球，但不影响他速度的爆发，他像只肥硕的青蛙猛然高高跃起，在空中把粉笔头投出后，完美落地。我们呆若木鸡，旋即教室里掌声四起。

"王老师，从现在起，我是您的粉丝！"几个女生一边用手捂着嘴，一边大叫。

最　臭　美

下课了，我突然发现天花板上有一光点在动。我顺着光源找到罪魁祸首，竟然是王老师。他鬼鬼祟祟地低着头，我想一探究竟，蹑手蹑脚走近讲台桌一看，他在用小镜子照他那油光闪烁的脸，还不紧不慢地从兜里掏出一把小梳子，开始梳他那"群魔乱舞"的头发……

我也是"醉"了。

王老师的这几处"最"，或许就是他的灵丹妙药。

我是"吸血侠"

周虞涵

"嗡嗡嗡……"哼着常唱的歌儿，我扑扇着翅膀来到镜子前，一边转悠一边欣赏自己的英姿。瞧，我全身乌黑发亮，带着点儿绿色光芒。我的眼睛虽然不是很大，可炯炯有神，像颗黑水晶。每当有天敌或者危险的东西向我靠近时，我的"自带雷达"就会及时发出警报，我得到感应，立马远离危险。这还不算厉害，我还有个"法宝"，那就是——像针头一样的嘴巴，这可是我的秘密武器，也是我的"导食管"。当然，我的肚子才是最有"内涵"的地方，它总是圆滚滚的，里面满满的都是"营养液"。

大家都喜欢称我一声"吸血侠"。

嘿嘿，我这"吸血侠"的称号可不是白来的。每到夜黑风高的时候，特别是在炎热的夏天，我总会静静地落在人类的身上，张开我的"针筒嘴"，悄无声息地刺进人类细嫩的皮肤中，开始贪婪地吸吮新鲜美味的血液。有的人反应灵敏，会一把拍过来，可我早有防备。当我的"自带雷达"发出"掌风"信号，还没等那一巴掌下来，我早已逃离。每次成功逃过一掌，我总是不忘向人类示威，在那个人的耳朵旁唱起我的《嗡嗡嗡之歌》。也有的人，反应迟钝，我就可以放开肚子畅饮一番，一直吸到把肚子撑得像个充满气的皮球时，才肯罢休。每当这时，我还不忘留下个"记号"——在那个人的皮肤上留下个"大红包"来证明我曾"到此一吸"。

当我以"蜘蛛侠"的优美姿势在墙上闭目养神时，突然，灵光一闪，一个充满智慧的主意从我的大脑袋里蹦了出来。我想：接下来要锁定"作战目标"——胖子。因为胖子的血肯定特别多，而且更加鲜美。我帮他们吸掉一点儿，不仅能帮他们减肥，还能促进他们的血液循环。哈哈，我要做好事不留名。胖子们，此恩就不必言谢啦！于是，我又一次踏上了"万恶"的征程……

人们虽然发明了很多"武器"来对付我们，可只有少数同伴"战死沙场"，大多数的同伴和我一样，秉承着"夏风吹又生"的精神，一直奋斗在和人类的"血路追杀"中。你猜到我是谁了吗？

桃 林 魅 力

王晓璇

一个春光明媚的日子，我跟老爸一起去泽宾酒楼吃午饭的途中，我们的目光不约而同地被一棵大放异彩的桃树所吸引。

远远望去，桃花一团团、一簇簇的，如诗如画，美得醉人，让人越看越喜欢，就像嗓子干渴得冒烟的人突然发现了甘泉那样兴高采烈。

我的脚步不由自主地慢了下来，最后终于在桃树跟前停了下来。我开始仔仔细细地观察这棵美丽的桃树。这棵桃树的叶子还没长出来，桃花就已经慢慢地绽开了。桃花的颜色有好几种呢，红彤彤的像是一片片火红的晚霞，粉嘟嘟的如一张张可爱的小脸蛋，白色的则好似一个个穿着洁白连衣裙的天使。只要微风一来，她们就会齐心协力为我们献上一支美妙无比的舞蹈，让人如痴如醉。

随后我又慢慢走近这棵桃树，尽情地欣赏着一朵朵美丽的桃花。有的还是含苞待放的花骨朵，有的才展开两三片花瓣，有的花瓣已经完全展开了。那一朵朵盛开的粉红色的桃花就像一个个漂亮的小仙女，楚楚动人，花心中的花蕊就像她们眼睛上的长睫毛，让我情不自禁地想在她那娇嫩而又小巧玲珑的小脸上亲上一口。满树的桃花又好似一个个顽皮的小孩子的笑脸，正在冲着我微笑呢。三五成群的麻雀在桃树枝上不停地跳来跳去，并叽叽喳喳地热烈讨论着什么；一只只"嗡嗡嗡"的小蜜蜂在一阵阵沁人心脾的芬芳的指引下，纷纷靠近桃花，好像在说："这儿的桃花真美呀！"突然一阵大风吹来，花瓣像鹅毛大雪一样纷纷扬扬地飘落下来，宛如传说中的"花瓣雨"，仿佛置身美艳无比的人间仙境。

桃花美景，真是令人流连忘返！我爱这美丽的桃花！

我家的水族馆

郭晓宇

　　我家有一个小小的水族馆，里面住着许许多多的"居民"：小金鱼、石斑鱼、垃圾鱼、鳈鲅鱼、田螺、小虾，等等。关于这些"居民"的故事，我可能三天三夜也讲不完。那么，我就简单地挑几件事和大家分享一下吧！

　　要说水族馆里最贪嘴的莫过于垃圾鱼了，虽说这垃圾鱼长得虎头虎脑，还穿着时下最流行的"豹纹"衣，可是却没有一点儿绅士风度，它就像只馋嘴的小花猫，看到任何东西，都想去尝一尝。有一天，这条垃圾鱼不知是饿了呢，还是无聊呢，竟然游到田螺的壳上去吃食。这田螺也不甘示弱，使出九牛二虎之力，竟把垃圾鱼牢牢地吸住了。这下垃圾鱼可惨了，它进也不是，退也不是，足足被田螺卡了两天。后来，我实在看不下去了，才把它俩分开。这下，垃圾鱼变成了破嘴鱼，真是"鱼螺相争，两败俱伤"啊！

　　鱼儿的吃食也非常搞笑！有一次，我一不小心把面包掉到了地上，于是就捡起来，扔进鱼缸里喂鱼。才眨眼的工夫，石斑鱼就冲上来开吃了，只见它一刻不停地大口大口地吞食面包屑。然而，鱼缸底下的一群鳑鲏鱼也嗅到了食物的味道，它们一齐拱上去，气势汹汹地围攻石斑鱼，抢夺食物。石斑鱼一看形势不妙，赶紧撤退。但是，已经来不及了，石斑鱼被啄得落花流水，甩着尾巴逃走了。旁边别的鱼儿看到这一情景也不敢过来，只有等鳑鲏鱼吃饱了游开后才敢来吃。

这就是我家的水族馆，里面的"居民"活泼而又有趣。如果你看到它们，你肯定也会喜欢它们的！

快乐的巡游

付欣悦

今天下午，"江干区第二课堂场馆游"开始啦！各个班级向着预定的场馆兴高采烈地出发了，我们班被分成两个小队，一队去科技馆，我们二队的十九人去京剧馆。

京剧馆坐落在景苑社区里面，社区周围是繁忙的马路，车辆川流不息。走进京剧馆，感觉很整洁、安静。传入耳中的是悠扬的二胡声和有节奏的锣鼓声。

我们戴着五颜六色的脸谱，让我不禁想起《说唱脸谱》里，白脸的是曹操，红脸的是关公。我的是红色的脸谱，当然代表的是大名鼎鼎、文武双全的关公。

最吸引我们的是在京剧馆里跟表演老师学京剧，表演老师拿来了一件漂亮的戏服，淡紫色的面料显得很高贵，领口绣着精致的图案，最特别的是白色的长长的袖子，老师告诉我们那是水袖。它的用处可多了：古人行礼时，扯起水袖，表示恭敬；还可以遮挡害羞的脸庞……看似简单，但是想甩好水袖要下苦功的。我们和孙老师一起跟着表演老师一板一眼地学着。平时上课严肃的孙老师面带微笑，学着表演老师的一招一式和一个个眉目传情的眼神。看着表演老师动作那么流畅、优美，我们很是佩服，真是俗话说得好：台上一分钟，台下十年功啊！

我们还知道了京剧是中国的国粹，有着悠久的历史。我们还学到了很多知识，什么是唱做念打，什么是生旦净末丑，还学了一段表演艺术大师梅兰芳的《贵妃醉酒》，那可是全世界都耳熟能详的名家名段啊！

通过巡游第二课堂场馆，我丰富了阅历，增长了见识，开阔了眼界，希望我们中华民族的传统文化发扬光大、永远绽放！

突如其来的听写大赛

陆 欢

　　早自习，当领读员还在领着同学读书时，李老师大步地走进了教室："记一单元和二单元的'读读记记'，五分钟后听写！"五分钟过后，开始听写了。

　　"第一个，翡翠。"随着李老师一声令下，同学们胸有成竹地拿起了手中的笔，"刷刷"地写了起来。

　　"下一个，山涧。"有的同学很有信心地写下，当写到"涧"字的时候，会想是"间"还是"涧"呢？这对我来说，小菜一碟，于是我迅速地写下来。写完便高高地举起手，抬起头望别人，只见有很多同学抓耳挠腮。老师见了，接着报了下一个——"锦缎"，我听得模模糊糊的，心想到底是"锦缎"还是"诊断"？应该是"锦缎"吧！我的心又立马紧张起来，变得忐忑不安，万一是"诊断"呢？最后我还是选择了"诊断"！

　　紧接着是默写"日积月累"，我得意扬扬地写起来，写完以后，我开开心心地把本子交上去，心想肯定可以拿一百分，那又可以领小红旗了，我心里暗暗地欣喜着。可当我把书打开一看，什么？竟然是"锦缎"！我又看"日积月累"，接下来是"夕阳山", 我居然把它写成了"西阳山"! 我那时眼睛都快瞪出来了! 我真是太粗心了, 夕阳嘛, 就是太阳快落山了, 怎么可能会有从西边出来的太阳呢? 我只好乖乖地认真地更正喽! 心想等下会有好"果子"吃。

"原来, 你们昨天是这么认真完成家庭作业的! "听着老师的"夸奖", 我们的脸都红得像小苹果!

这次听写, 我懂得了无论做人还是做事, 都要留意生活中的细节。

我的小本生意

边 城 印 象

张墨寒

　　湘西是一块既神奇又神秘的土地，这里的文化鲜为人知，好像蒙上了一层神秘的面纱。今天让我揭开这层神秘的面纱，为你介绍湘西的"三大神秘"之处。

　　湘西的神秘，浓缩在宋祖英动听的歌声里……

　　清晨，我们被一阵动听的山歌吵醒，便跑到楼下旁边的广场去看，一群女人正向广场走去，其中有二十多岁的，有三十多岁的……甚至还有七八十岁的，这些女人中，六十岁以下的都头戴银饰，身上也有好多银饰，好像是要把全部家当给自己装扮上，想把自己打扮得漂亮、高贵。只见她们两三一组，五十一群，在那儿围成一个圆，对着山歌，对不出来要喝罚酒：

> 神秘的客人来这儿哟，
> 桃花朵朵开哟嘿，
> 我们都衷心欢迎您哪，
> 衷心欢迎，哟嘿！

她们对着歌，喝着罚酒，脸上看不出来有一丝不高兴。

湘西的神秘，闪烁在沈从文妙笔生花的文章里……

一进入古城，好像来到了古时候，两边房屋仍然保留着吊脚楼的建筑，两旁店铺、摊子不计其数，生意兴隆。

我们上了个小竹排，摆渡的人在摇橹前进。我妈从一上船就不停地按快门，我们欣赏着旁边的美景，水是那么绿，绿得像一块翡翠，没有一点儿杂色。旁边的吊脚楼大半部分被在水面下的柱子撑着，犹如一栋大楼立在水面上。

我们在一座桥上往下看，船好像悬在水面上的一条龙，有一个叫"翠翠"的姑娘（沈从文《边城》里的女主人公）站在船头，似乎在等着她的爷爷归来。古城真是如诗如画，一派美轮美奂。

湘西的神秘，隐现在黄永玉浓墨淡彩的书画中……

"波光粼粼气色好，古城神秘吊楼奇。"湘西的神秘还不止这些，这里的神秘，还藏在更多的地方：掩藏在鬼斧神工的武陵群山里，浸泡在蜿蜒曲折的五溪流水中……

阿婆家的猫

陆禹涵

乡下阿婆家养了一只可爱的小猫，小猫的全身呈白色，一双黑色的眼睛如同两颗黑钻石，闪闪发亮，略显神秘的小尾巴高高上扬。

可爱的小家伙十分乖巧，大家在吃饭闲聊时，它便静静地喝着它的牛奶；大家在看电视的时候，它便安静地在地板上梳理它那有光泽的毛发；只有家里的小朋友们在玩耍时，它才会迈出它那细长的腿，优雅地在小路边散步。

小家伙十分整洁，总会伸出舌头慢慢地舔干净它那毛茸茸的爪子。小家伙也很聪明，每次我回去，它都会围着我"喵喵"地叫，好像在说："欢迎你回来，我的小朋友。"有一次，我拿了一些米饭给它吃，可它一口也不吃，直瞅着我叫。我听懂它的意思了，立马拿了一条小鱼放在米饭上，它便立即抢了过来，用爪撕着，用嘴咬着，津津有味地吃了起来。

咦！今天小家伙好安静，原来是在那儿呼呼大睡呢。我蹑手蹑脚地靠过去，很好奇地仔细观察起来。我发现小家伙睡觉的姿势还蛮优美的，而且与我们睡觉的姿势不太一样。小猫睡觉的时候，把身子盘得像蜗牛壳似的，肚子一起一伏，几根长长的胡须一抖一抖，还发出"呜呜"的声音。我觉得特好玩，就用手去摸它，逗它。机灵的小猫耳朵一竖，头马上抬起来，一看是我才松了一口气，然后张张嘴，伸了伸爪子，打了一个长长的哈欠，再一次进入了梦乡。我想，猫白天大睡一定是为了给晚上的捉鼠大战养足精力吧！

小家伙也不是好惹的，有一次，爷爷用铁笼子诱捕到一只老鼠，我脑子一转，想出了个好主意，把铁笼子拿到它跟前，想试试小家伙会有什么反应。只见它伏着身子，竖起毛发，猛扑上去，龇牙咧嘴地露出凶相，还发出"嘶——嘶——"的声音。它伸出前肢，使劲儿地拍打着铁笼子，吓得老鼠躲在铁笼子的角落里瑟瑟发抖，还不时发出"吱吱吱"的声音，好像在说："求求你了猫大哥，饶过我吧！"

可惜呀，坏老鼠是不能放过的。我把笼子打开，小猫一下子扑过来，把它叼走了，跑到一个没人的角落去美餐了一顿。嘻嘻，还真是蛮厉害的嘛！

这就是阿婆家的小猫，一只可爱又机灵的小家伙！

老妈写真集

陈建林

　　每个人都是一个多面体。慵懒、勤劳，自律、放纵，马虎、严谨……很多完全相反的字眼，却可以非常协调地出现在同一个人身上，奇怪吗？看完我老妈的写真集，你马上就会认同了！

　　翻开记忆的相册，首先看到的是超级粉丝、电视迷老妈。告诉你，她可是我们家的电视狂人。一提到电视剧，马上就可以精神百倍。《青云志》《麻雀》《旋风少女》，还有《微微一笑很倾城》……老妈早就看好几遍了。电视剧里的台词老妈几乎能通通背下来，有些还可以一字不差。我可没夸张，你看看我老妈看电视时的认真劲儿就知道了。老妈只要往电视机前一坐，什么事都得靠边，就像被催眠了一样，一坐几个小时，一集连着一集，直到看完为止。而且老妈的表现完全跟着剧情走。主人公取得胜利了，老妈就会露出得意的笑容，兴奋得手舞足蹈；女主角被坏蛋坑了，她气得一边拍打着桌子，一边大呼小叫，忙着想办法；剧情出现转折，陷入低谷时，老妈红着眼睛唉声叹气，悄悄抹泪；主人公终于克服困难，化险为夷时，老妈又会如释重负，露出孩子般开心甜美的笑容……不仅如此，老妈看电视还很注意细节。哪个镜头主人公是什么表情，他们都说了什么，坏蛋使坏时其实有哪些破绽……老妈都看得特清楚，而且一边看还一边分析。如果哪个地方没看懂或没看清楚，她就会重看几遍，直到完全搞明白为止。总之，老妈对于电视剧的认真程度，远比我读书听讲来得认真，对于这一点，我真的是自叹不如呀。

看电视时有始有终，可减起肥来，老妈的自制力马上就会降下来。别看她早上起床称体重，晚上睡前称体重，一天到晚"减肥，减肥"喊个不停，真遇到好吃的东西，老妈可从来没有放过的意思！"水果应该不会长肉吧！没事，可以吃！""听说喝酸奶能帮助减肥，先来两瓶！""儿子，我晚上减肥不能吃饭，把你的鸡腿、汉堡和可乐让给我吧，你再去买一份，免得我晚上饿！"天！连我这个门外汉都知道，不管是啥东西，吃太多了就会胖，像这样一直找理由给自己吃，老妈这肥啥时候才减得下去呀？依我看，她这漫漫减肥路，恐怕得比万里的长城还要长！

迷电视，懒减肥，可我最无法忍受的是老妈对我学习上的严厉和约束。那简直就是魔鬼式训练嘛！天天都要查我的作业，查我的考试试卷，查我的背诵，查她给我买的那些课外试卷……计算题，错一道，罚十道；单词，错一个，再写二十个；背诵，错一句，整篇重背三遍；课外作业，忘记一回，多写三页。妈妈呀，这哪里是什么严格要求，这是太严格了好不好？可是，抗议是没有用的，哭闹也是没有用的，妈妈就像最严厉的检察官，她会一直坚持到我乖乖从命，照章执行为止。唉，反观她自己半途而废的减肥，这真是"只准州官放火，不准百姓点灯"啊！

看看，这就是我老妈写真集中的几页，你是不是也已经被她深深地吸引，想了解更多呢？那就来我家吧，我一定会介绍我的老妈给你认识的。

大海，我爱你

胡佳怡

　　刚到海边，我就被迷住了：整个大海就像一块巨大的蓝宝石！岸边的水呈蓝绿色，在阳光的照耀下变得亮晶晶的。此时，晶莹剔透的海水仿佛就是一面宝镜，华丽但不失风韵。海风吹来，海面又马上成了随风轻摆的、柔软的蓝缎子，顺着海岸线飘呀飘，摇呀摇！远处，一个接一个的巨浪不断地朝岸边涌来，刚才飘呀摇呀的蓝缎子一下子不知跑哪里去了，只看见巨浪重重拍击在岸边岩石上，撞出一朵朵怒放的鲜花……

　　海滩上，沙子非常细，在阳光的照耀下金黄金黄的，仿佛铺了一地的金子。踩上去软绵绵的，尽管还有点儿黏糊，但却舒服极了！沙滩上还有各式各样的贝壳和海螺：有的大，有的小，有的穿着条纹衣，有的套着虎皮袍，还有的干脆博出彩，披件红棉袄就登台走秀，出现在众人的视野中……远处，还有许多羽毛洁白、一尘不染的海鸟。它们喜欢到人少的地方觅食，一有人走近，它们就"呼"的一声，几十只一起飞走了，场面很是壮观。海滩上，小孩儿在追逐玩耍，大人在休闲聊天，老人则在一旁静静地享受着这天伦之乐……

才扎好帐篷，晨晨妹妹和我就迫不及待地换上泳衣，套上泳圈下海玩水去了。别看天气那么热，可海水还是冰凉冰凉的，好舒服呀！站在水里轻飘飘的，好像一不留神就会飞起来。一个个巨浪拍打在身上，凉凉的，痒痒的，把我们托起来。就这样，我俩好不容易到远一点儿的地方去，正高兴呢，突然又一个巨浪打来，我俩又被冲回岸边了。"哇！好咸！"被冲到岸边的晨晨妹妹沮丧地说。哈哈，原来，刚才那个巨浪让她喝到了不少海水，幸好我反应迅速，不然我也得喊了。看着她不停洗着嘴巴，我哈哈大笑起来。我正幸灾乐祸呢，没想到又一个巨浪打来……唉，我也尝到海水的咸味了！那味儿，简直就是几百瓶盐调制出的。再说妹妹，她看着我那狼狈不堪的模样，笑得喘不过气来。

　　时间在快乐中飞快地流逝，不觉就到了晚上。半夜，睡在沙滩帐篷中的我被吵醒了。"这里有螃蟹啊，那里也有一只……当心，不要被螃蟹夹到了……"透过纱窗，我看见许多人在外面抓螃蟹。有的拿着瓶子准备"守瓶待蟹"，有的根据螃蟹爬过的痕迹挖着洞穴，还有的则拿着手电对着洞口照想"引蟹出洞"……虽然白天玩得太累的我没有参与，但隔"窗"观"抓蟹"也是一件非常有趣的事情。

怀念那时光脚丫

王伟然

那时的我体弱多病，被姨奶接回了老家。田间的小水渠里流水潺潺流淌，伴着布谷鸟欢快的歌声，清新自然。高大粗壮的白杨树仿佛一把利剑要刺破苍穹。大片大片黄褐色的土地错落有致地绵延到天际，我从未见过如此广阔的旷野。

最喜欢姨奶带我到菜园玩。刚开始的时候，我看到姨奶脱掉鞋袜，卷起裤脚，双脚陷在松软潮湿的泥土中，有些许泥点黏在脚踝上，像块黑疤似的，真难看！我厌恶地后退几步。姨奶连忙拉住我，笑嘻嘻地说："丫头，地通人性，不能穿鞋踏进来。穿着鞋子一踩，地喘不动气儿，蔬菜就长不快啦！"她催我脱了鞋袜下田。

在我的脚底触碰到泥土时，我觉得像是踩到了一块玉，清凉舒坦，又像站在极有弹性的蹦蹦床上。我兴致渐生，在泥土里走来走去，蹦蹦跳跳，即使踩到了石子，也不以为意，就当那是天然的足底按摩，真是让人筋骨舒畅。大自然的清新紧紧裹挟着我，这感觉太美了，我尽情地在泥土里走来跑去。看着我的疯劲儿，姨奶忍俊不禁，慈爱地说："你呀，老是生病，就是因为不晒太阳，不吃地气儿，孩子见土才长得壮呀！"虽不懂"地气儿"是什么，我却能感觉到脚踩土地时有一股凉爽的气息传遍全身。

回家路上，姨奶不厌其烦地给我讲新播种的四季豆、葫芦等蔬菜的生长过程，讲蒲公英、苦菜、荠菜、车前草的不同，还笑话我分不清地瓜和土豆。我慢慢开始接纳这个崭新的环境。

看着姨奶手掌上的老茧，看着她满怀深情地像对待自己的孩子一样抚摸粗笨的农具。吃着新鲜的蔬菜，闲谈着鲜活的农事，和村子里的孩子一起追逐、摔跤、捏泥人、弹玻璃球……我慢慢融入了这方小天地，生活平淡而美好。

暑假，妈妈来时，我正趴在田地里观察韭菜。妈妈急忙拉起我，不停地拍打着我的衣裤。见我没穿鞋，妈妈大吼道："没穿鞋就瞎跑，你知道这地里有多少细菌吗？"赶来的姨奶拉住了我，对妈妈说："别怪孩子，是我的主意。孩子吃了地气儿才不会生病呢！""您那土法子太老套了，都什么年代了？！"母亲气极了，拉着我跟跟跄跄地出了菜园。

后来，我再也没回过老家。姨奶不时来看我，带来时鲜的蔬菜，告诉我老屋旁的黄瓜开花了，田里的香菜抽条了。她几次提出带我回老家玩，都被妈妈婉言谢绝了。

依稀记得夕阳西下时，姨奶牵着我的小手，我兴奋地走在软绵绵的田地里，身后金灿灿的。如今生活在高楼林立的城市中，一晃竟好几年过去了，真怀念那段随性的生活！

窗外那株海棠

范文玉

去年春天，父亲买来一株盆栽海棠，随手栽在一个破旧的花盆里，放在窗外的地上，也没怎以理会它，有点儿让其自生自灭的架势。过了没多久，它就慢慢地蔫了下来，枝条低垂着，叶片卷曲着，也没有光泽。不要说开花了，连一个嫩芽也没有冒出来，从春到夏再到秋，一副无精打采的样子。冬天还没有来，它本来就不多也不大绿的叶子就掉落完了，只剩下灰不溜秋的、低矮的枝干在秋风中瑟缩着。我很伤心，我觉得这株海棠是过不了冬天的。

这年冬天的雪下得特别大，特别频繁，窗外的海棠连盆带花株被积雪埋住了好几回。父亲说，看来这株海棠真的不行了。夏天晒不死，冬天也得冻死。

春天悄悄降临了，海棠花盆里的积雪渐渐消融。海棠也露出了灰灰的枝条。一天夜里，下了一场春雨。早上推开窗户，一股清新的空气扑面而来，我还听到了几声清脆的鸟鸣。无意间，我瞥见了窗外的那盆海棠，灰灰的枝条泛出淡淡的绿意。我欣喜若狂，跑到它跟前，蹲下身子仔细观看，哇，它淡绿色的枝条上，竟然冒出了十几个暗红色的芽苞来！有麦粒大小，像闪闪的星星，发出光亮，又像就要睡醒的宝宝，抿着嘴偷笑。

"爸爸，快来看啊，海棠发芽了！"我欣喜地叫道。父亲走过来，端详了一会儿说："难为它了，还真的活过来了。这就叫作顽强。"有了阳光雨露的滋润，我又给它施了点儿肥，海棠发了疯似的生长起来，好像要把去年一年积攒的能量全部释放出来。芽苞吐出了叶片，嫩绿变成了深绿、墨绿。不久，在一簇簇叶子中间，探出几根细细的花茎来，花茎顶端，红帽似的长着花骨朵儿。不几天，那花骨朵儿便迎风招展，怒放开来，像一片灿烂的红霞，像一束燃烧的火炬。在我们的院子里，它是一处最美的风景。

风没有停，雨也没有歇。我家的海棠还在经受风雨的洗礼。我坚信，经历过生与死的考验，这株海棠花不会轻易为风雨所折服，雨过天晴，它会开得更美、更艳、更灿烂。

我的小本生意

张廷帅

　　我的名字叫张廷帅，大家都叫我"长得帅"。带上我的作文素材收集本，脚踏运动鞋，肩背采集包，脖子上挂个望远镜，我去天地间采风喽！大到神秘的宇宙，小到搬家的蚂蚁，到处都能找到写作素材。我用我帅气的眼眸发现这些点点滴滴，一条条记录在我的素材收集本上，以后写作，我就不会觉得没有内容可写了。翻开记录本，脑中浮现奇思妙想，然后下笔成文，就得心应手了。

　　我在小区的游乐场玩，看到那里放着许多弹珠游戏机，小朋友们把一元硬币放进游戏机的"嘴巴"里，机器便会吐出五粒圆溜溜的弹珠，用这些弹珠来打游戏，往往几分钟就会输得精光。我灵机一动：倘若我在网上批发一些弹珠，卖给这些小朋友，一元六粒，他们也划算，我也能赚点儿零花钱。听了我的想法，妈妈也很赞成，她帮我在网上搜了一下，用十三元买来六百粒弹珠。

　　我在游乐场上转来转去，问那些打游戏的小朋友："要不要买弹珠？机器上一元五粒，我卖一元六粒。"奇怪的是，我喊破了嗓子，也没有人来问我买一粒弹珠。我没想到生意会这样难做，拎着弹珠袋子扫兴地回家了。

妈妈安慰我说："不要气馁，我们来分析一下失败的原因在哪里。你看，你的弹珠袋子那么脏，顾客肯定会觉得你的弹珠质量不好，你把弹珠包装一下再去试试？"我找来漂亮的玻璃纸，把这些弹珠包在里面，看起来像漂亮的礼物。

这一次，我跑到小区游乐场，很多爸爸妈妈来买我的弹珠，看来，商品的包装是非常重要的。

我想到妈妈经常在手机上购物，如果把我的弹珠照片放在朋友圈里，会不会有人来买呢？我把弹珠摆好，给它们拍了美美的照片，还用修图软件美化了一下，配上一段文字，发在朋友圈里。

"嘀——"没过多久，手机就响了，我拿起来一看，居然是一个小朋友问我买弹珠，她一共要买十二粒不一样的。这个顾客的要求可真高，但我还是得努力满足她的要求，因为顾客是上帝嘛！我好不容易找到十二粒不一样的弹珠，用玻璃纸包好，拍好照片发给她看。她用手机发给我两元钱，并告诉我交货的时间和地点，让我送货上门。我欣然答应了。因为我在一本书上看到过：服务态度好，生意也会更好。

"嘀"，妈妈的手机又叫了一声，一个老奶奶问我买六十粒弹珠，她是用来放在鱼缸里的。这笔生意，我一下子入账十元。

我用微信联系了我的大姑奶奶，问她要不要买几粒弹珠送给她的小孙子玩。她很开心地买了十二粒，还夸我有经济头脑。看来，主动发现客户、开发客户是很重要的。

就这样，我赚了一笔小钱，为了让钱生钱，我用赚来的钱批发了一些铅笔、橡皮、小玩具，卖给需要的人。当然，我也会

　　拿出一部分钱购买小礼物，一部分送给我的朋友，感谢他们给我介绍生意，一部分送给我的顾客，希望他们和我保持联系。就这样，我的"零钱雪球"越滚越大，我很开心。

　　我的理想是当一名商人，所以我要努力培养自己的经商意识，学习经商经验，不断总结，提高自己的经商能力。

"浪子"老爸

吴晓光

　　爸爸怎么会是"浪子"呢？事情还得从我上英语培训班说起。为了让我的英语成绩更上一层楼，妈妈毫不犹豫地替我报了周末的英语提高班，而老爸义不容辞地承担起接送我的任务。来到培训地点，等车停稳后，我便迫不及待地冲上了楼。而素有"工作狂"称号的老爸，为了避免忘记过来接我，决定在楼下等我。这一等可是两个小时，总不能老是待在车里吧，那还不得热晕了啊！于是，老爸决定在附近找个有空调的地方纳凉，顺便读读随身携带的文学作品。

　　第一站，老爸来到了距离培训班最近的邮局。他悄悄地坐在大厅里的长椅上，拿出一本《草房子》，与书中的桑桑一起认识慧思和尚，勇斗刘一水……可是好景不长，半个小时过后，一位工作人员走过来，委婉地对老爸说："先生，对不起，我们邮局马上要下班了，请您另寻读书的地方，可以吗？""哦，当然可以，不好意思。"老爸举起一只手表示抱歉，合上书匆匆离开了。然而刚出大厅门，老爸便被一股无情的热浪整个儿吞没了。唉，好热！

　　第二站，老爸走进了邮局对面的北山大饭店。他扮成顾客的样子，大摇大摆地穿过大厅，来到一个比较偏僻的包厢，心想：这次应该没人打扰我了吧。他心满意足地坐在椅子上，又拿出《草房子》津津有味地读起来。可上帝好像故意和老爸作对似的，大概过了四十分钟，一位服务员过来上菜时发现了老爸，诧异地问道："先生您好，我们的客人马上要来了，请您不要在这里看书，行吗？""哦，行，实在不好意思啊！"老爸不得不合上书再次转移。太阳虽然已经西斜，可热度却丝毫没有下降。

　　第三站，老爸被逼无奈，只好来到英语培训班的三楼大厅。那里虽然开着空调，却坐满了等待接孩子的家长，声音十分嘈杂，根本不适合读书。没办法，老爸只好在那里又坚持了二十多分钟。终于下课了，我一眼就看见待在大厅的老爸。老爸一见到我便说："闺女，你终于下课了啊！"听了他的话，又看见他满脸的无奈，看来一定有故事，我便缠着老爸讲。于是，他拉着我的手一边走一边滔滔不绝地讲了起来……

　　从此，我和妈妈都风趣地称老爸为"浪子"。正是因为有了这位"浪子"默默的陪伴和付出，才有了我各方面的突飞猛进。在这里，我要真心实意地对老爸说一声"谢谢"。

蜘蛛侠大战流感病毒

张　跃

　　自从蜘蛛侠打败了所有的怪物后，就有多家机构争相聘用他。聘任书像雪花般源源不断地飞来，搞得蜘蛛侠心烦意乱。这不，"联合国抗流感医院"的聘书寄来，蜘蛛侠再三思索，决定去这家医院就职，因为人类正在受着流感的侵虐，苦不堪言。蜘蛛侠决定为人类贡献自己的绵薄之力。

　　这天，蜘蛛侠收到一封电子邮件，原来是院长通知他：流感大王又在四处肆虐！蜘蛛侠二话没说，立刻直奔流感大王的老巢。流感大王正在家里得意："全世界我最大，所有人都怕我！哈哈！哈哈！"见蜘蛛侠闯进来，十分懊恼："你个小蜘蛛，太自不量力了！今日胆敢私闯本大王的皇宫，看我不教训你，哼哼！"

　　"你为了满足自己的私欲，让流感病毒去伤害人类，赶快把它们召回，否则，我绝不放过你。""就你，哈哈！得了吧，我两根小指头，就能将你捻成碎片！流感病毒们，给我上！"话音刚落，流感病毒们便涌了上来，没等他们站稳脚跟，蜘蛛侠便先发制人，"咝，咝——"两道蜘蛛丝射向流感病毒，将他们团团围住。可是他们却像会缩骨功一样，从蜘蛛丝的缝隙间逃了出来。蜘蛛侠大惊，幸亏会飞檐走壁的功夫，不然就被流感大王生擒活捉了。

回到医院，院长拿出疫苗为蜘蛛侠注射，同时嘱咐他："疫苗可以防止你被感染，同时你喷出的蜘蛛丝具有和疫苗同样的功效。再加上你自身的本领，我相信你一定能将流感病情捉拿归案的！"这下蜘蛛侠信心十足地重返流感大王的老巢。

得意的流感大王一脸不屑："还不死心哪，又送上门来啦！流感病毒们！"病毒们应声而出，谁知刚一上阵，就被蜘蛛侠的新式蛛丝击退。"大……王，他体内有我们的克星，我……我……"流感病毒们举手投降！流感大王见最得力的队伍败下阵来，也缴械投降了！蜘蛛侠把流感大王和他的手下们全部带回实验室，用于科学家的研究和实验。

蜘蛛侠又一次胜利而返，给人类带来了和平、健康和欢乐！

我的魔术生活

李诗珂

说起魔术，大家一定会想起刘谦吧！我也不例外。我自从在春节联欢晚会上看到刘谦神奇的表演后，我就迷上了魔术。一有空，我就上网搜刘谦表演的魔术，然后偷偷地练习，准备一有机会，就露一手。

今年，我参加了艾美百货举行的少儿模特大赛。在进行才艺表演环节时，我为大家表演了魔术"剪不断的线"。我拿出一根吸管，再拿出一条黑线，穿过去，对折一下，说："我要用剪刀把吸管剪断，但是里面的线不断，你们信不信？"观众们满脸狐疑，评委们睁大眼睛。有人惊奇地问我："这怎么可能？""见证奇迹的时刻到了！"只听"喀嚓"一声，吸管断了。我故弄玄虚，慢慢拉出黑线。大家屏息凝视着我手中的黑线。最后我大声说："出来。"大家所见，果然像我说的一样，黑线没断。一下子，雷鸣般的掌声响了起来，大家觉得很不可思议。接着，我给大家揭了密。我事先在吸管上剪了一下。表演时，只轻轻剪一下，吸管断了，黑线当然不断。我的精彩介绍又博得阵阵掌声。评委们也满意地点头，并给了最高分。

有了这次成功的体验，我对魔术表演更加着迷了。

六一儿童节那天，我也为同学们表演了一个"彩纸变糖果"的魔术。我事先在两个一模一样的盘子里各放进彩纸和糖，再把盛纸的盘子放在桌子上，另一个放进抽屉里。表演开始，我举着盘子让同学们检查。大家确定没有在彩纸中藏糖果。我把一块红布盖在放在桌子上的盘子上。然后，嘴巴念念有词："变、变……"同时双手在上面挥动。突然我一手掀起红布，另一手端出下面的糖果盘。当大家惊奇地看着糖果时，掀红布的那手迅速抓起红布连同放彩纸的盘子放进抽屉里，再抓起糖果洒向同学们。顿时，欢呼声、喝彩声、掌声响成一片。我们班成了欢乐的海洋。

我的魔术表演锻炼了我的胆量，也给周围的人带来了快乐。神奇魔术，精彩生活，我还会继续我的魔术生活。

我的车家族

吴昊天

大家都有一些收藏吧，可你知道我的收藏是什么吗？卡片？邮票？都不对！我的收藏是玩具小汽车！大家可不要笑，告诉你们，我的汽车可都是世界名车呢，有法拉利、保时捷、奔驰，等等。而且每辆车的价钱也很贵啊，最便宜的一辆十五元。最贵的一辆车是"奥迪R8"，要五十元才能买到。

刚开始，我每天放学写完作业都要玩一会儿，如今我的汽车连一个很大的月饼盒都装不下了。知道吗？我选车的时候不选别的，只买"风火轮"牌，那可是专卖跑车的。我现在有二十多辆车，统统是"风火轮"牌，没有重样。我想攒够五十辆风火轮跑车，将来好留给我的孩子们，成为传家宝。

我的车家族中我最喜欢的是那辆奥迪R8，它的车身是红色的，外形呈流线型，非常流畅。见过奥迪A6吗？比那还有风度！前面五十瓦大灯，后面由比较细致的小灯组成。车灯像箭一样刺开夜空。如果你见到那辆车，你会觉得它太帅了，不过帅还不够，再看那一身高贵的装饰，你就会明白什么叫跑车。

在我的车家族中排行老二的是保时捷911。它一身黄金甲，加上尾部四个大排气筒，简直就像王者，前面那大大的灯头与背后的尾灯就像凤凰的羽翼般美丽，美得无法用文字形容。

再看老三，那只能是奥迪TT。它通体银色，哇，看前灯，果然是奥迪的血统，和R8长得真像，不细分还真分不出来。再看后灯，有点儿像但又不全像，两个大大的排气筒，一看就知道是高档车。

好了，车的排名说完了。下次再说第四名、第五名吧，再与大家一起分享我的汽车收藏经历。我相信我一定能攒够五十辆车！

骑 羊 羔

徐 鹏

小时候，我的梦想是当一个西部牛仔，因为我看的动画片中的西部牛仔们实在是太威风啦！我好羡慕！

姥姥家有头牛，我就打算上去体验一下做牛仔的感觉。可是牛的个子太高了，我在它身边转了无数圈，也没有想到上去的办法。还有就是我看到老牛那凶恶的样子就有些胆怯。不过我没有灰心，因为姥姥家除了牛还有羊，我正要找羊的时候，却发现羊都不见了。我马上跑去问姥姥。姥姥用手指着外面反问我："你说羊在哪里？"我明白了，原来姥爷放羊去了。我只好等姥爷赶羊回来了再实施自己的计划。

快中午的时候，姥爷赶着羊回来了。等姥爷回屋歇息去了，院子里又没有其他人的时候，我就钻进羊圈开始实施我的计划了。这次，我的目标锁定了一只长着大犄角的公羊。它的样子就像个国王，威风凛凛，正是我期待的样子。我抓住大公羊的背就骑了上去，谁知它却是个既狡猾又桀骜不驯的家伙。也许是承受不住我的体重，也许是欺负我是个小孩子，也许是想故意把我摔下来，总之，它的后腿一蹬，而我又抓得不牢，"砰"的一声，我就摔了一个大屁股蹲儿，疼得我直咧嘴又不敢哭。这只公羊让我吃到了苦头。

但是我才不会善罢甘休呢。等到屁股不那么疼了，我又选了一只温顺一点儿的羊。这次我长了心眼儿，先爬上去试试。但是这只温顺羊一点儿反应都没有，就是不肯迈步，气得我踢了它一脚。这一踢不要紧，它受了刺激，开始在院子里横冲直撞，追着我顶。有好几次都差点儿顶着我，吓得我躲进屋子里半天不敢出门。

过了好一会儿，那只发了火的温顺羊才回圈，我又蹑手蹑脚地出门了。"吃一堑，长一智"，我总结了前两次的失败教训。这次，我选了一只可以制服的小羊。我上去骑了骑，它虽然不愿意，但又没办法甩掉抱得紧紧的我。小羊趔趔趄趄，几次差点儿摔倒。虽然我胆战心惊，虽然我没有昂首挺胸像个将军，虽然我在欺负一只弱小的羊羔，但是我总算是找到了一丝做牛仔的感觉。过了一会儿，那羊"咩咩咩"扯着嗓子叫，姥爷听到羊的叫声有点儿不对劲儿，就跑出屋子，一见我正骑着小羊羔就急了。姥爷瞪着眼骂我："你这臭小子，没事骑羊玩儿。看你，把这羊受伤的地方又弄破了，它会疼的。你受伤了不疼吗？"我吐了吐舌头，冲姥爷扮了个鬼脸，就钻进姥姥的怀里去了，因为姥姥最疼我！

如今，一想起这件事，我就觉得对不起那只小羊羔，更为自己的淘气而羞愧。但那份乐趣却永远记在我的心头，让我一次次想起做西部牛仔的感觉……

"长征"回家

祁连旭

我从小就听爷爷讲过长征的故事，也在书上看过红军长征的英雄事迹，但只有心中感动，却没有实际的感受。今年春季开学后，我终于感受了一次"长征"。

那是个星期三，风大天冷。我下午四点半放学后，在府东街找不到爷爷的车，在三墙路找不到妈妈的影子，我往返三次找不到接我的人，这是上学几年来从没有遇过的事情，我又着急又紧张，但我不害怕。我在想，难道爷爷遇到车祸了？不可能，爷爷开车很慢；妈妈忘记了？不会的，从来没有过。我想坐公交，可身上没有钱；我想找同学借，可大家都回家了；我想打个电话，又找不着，我左右为难。我静静地想了一会儿，我觉得姥姥家离学校比较近，我也学学红军，来一次"长征"回家。

下定决心后，我紧了紧背上的书包，迈开了"长征"的第一步。我从府东街出发，穿过省政府，跨过旱西关街，到了妈妈单位的门口，又怕妈妈下班走了，犹豫了一会儿后，又从龙潭公园走过去，到了北大街，看到姥姥家门口的饭店后才松了一口气。我走了一个多小时，大概有七八里路。当回到姥姥家时，浑身都

我的小本生意

湿透了，姥姥心疼地摸着我的头，一时无语，流下了热泪。我也顾不上渴和累，赶紧给妈妈打了个电话，结果妈妈和爷爷正在学校门口因接不上我而着急呢。妈妈回家后才弄清楚事情的缘由，原来是老师给妈妈发了短信，说我放学后要打乒乓球，六点再去接，实际上我打乒乓球的时间是在星期五而不是星期三。

一场误会让我体会到了"长征"的艰辛。我会背诵毛主席的七律《长征》，我的"长征"虽然没有"远征难"，没有"五岭逶迤"，没有"乌蒙磅礴"，没有"金沙水拍"，没有"大渡桥横"，也没有"岷山千里雪"，但有刺骨的寒风、弥漫的尘土、漫长的路途、越背越重的书包，这对我这个十来岁的儿童来说也是一次不小的考验，对我这个出门就坐车，很少走长路的小孩子来讲也是一次不小的锻炼，对我的意志也是一次不小的考试，但是我及格了，大人们都说我"长大了"。

尽管如此，他们还是不希望再发生这样的事情，都提心吊胆地帮我想办法，姥姥说"应该原地等"；姥爷说"再回学校等"；妈妈说"该买个手机"；奶奶给我两元零钱让我"坐公交"；爷爷说"写篇日记做个纪念"。

"长征"回家，让我体会到了"长征"的艰辛，想一想，真正的红军长征是多么伟大、多么艰辛啊！我开始对长征有点儿切身体会了。

赤壁之战的几种意外

勇闯绿魔岛

杨　霖

天空阴沉沉的，如同打翻了的墨汁。狂风像一个恶魔，发出可怕的怒吼。小豆子的船在海上颠簸着，他要去救弟弟阿布。

透过薄雾，小豆子隐约看见了一座岛屿。他奋力向前划去。近了，"真的是绿魔岛！"他泊好了船，飞快地向绿魔宫奔去。绿魔宫有森严的守卫。怎么进去呢？小豆子围着宫墙转了一会儿，突然一扇不起眼的小窗映入他的眼帘，他扒开窗钻了进去。

走了一会儿，前面隐隐约约有一丝光亮，小豆子加快了步伐……就在这时，说话的声音响了起来："你终于来了。"小豆子心里一惊，这是绿魔王的声音，此时绿魔王正坐在王位上，一双恶狼般的眼睛直盯着小豆子。"可恶的魔王，我的弟弟呢？"小豆子叫道。"啪啪——"绿魔王拍了拍手，接着，被裹得严严实实的阿布被带了上来。"阿布！"见到弟弟还活着，小豆子悬着的心放了下来。"放了阿布。"小豆子厉声喝道。"我可以放了他，但是你必须替他接受死亡。哈哈……"绿魔王可怕的笑声中充满了邪恶和贪婪。小豆子心头一震，为了阿布，就算自己死了也值得。

小豆子抬头挺胸，迈着坚定的步子，向毒水池走去。绿魔王看小豆子如此从容，视死如归，眼睛里多了一分惊愕。三步，两步……他毫不畏惧，毫不后悔——只要阿布平安幸福。当小豆子正要迈出最后的一步时，魔王以飞快的速度冲过来，阻止了小豆子："你真勇敢！你让我明白了比权力更重要的东西，那就是亲情，那就是爱！你和阿布走吧！"

原来，爱的力量能使世界变得美好！

礼　物

姚燕燕

　　坐在窗口，一抬头，一轮金黄的圆月正望着我，偶尔有几颗星星在夜幕中眨着眼睛，仿佛一伸手就可以触摸到。"黑黑的天空低垂，亮亮的繁星相随，冷风吹，冷风吹，只要有你陪……"《虫儿飞》那伤情的歌声从遥远的地方袅袅地飘来。心中不禁一酸，一滴冰冷的泪滴落在手背上，我的手轻轻抖了一下。望着远方，在那深深的、一眼望不到边的地方，我深爱的外婆正慈祥地凝望着我。

　　一条幽深的小石子路，路边飘来淡淡的泥土清香，一个声音在告诉我，前方有人家。我的心不再紧缩，让凹凸不平的石子任意摩挲我的脚，一种熟悉而温暖的感觉渐渐清晰起来。远处，点点火光如繁星闪烁，我悄悄走上前去，眼睛深深地望过去。一个老婆婆正抱着一个小姑娘，仰望漆黑的夜空。我上前一步，啊，原来那位老婆婆是我慈祥的外婆，坐在她腿上的便是儿时的我啊！

　　那个小小的我正好奇地望着夜空，眨巴着一双大眼睛，用手指指着那几颗星星，疑惑地问："外婆，那是什么？一闪一闪亮亮的，真漂亮。"外婆用粗糙、厚实的手掌抚摸着我的头，悠悠地说："那一颗颗闪亮的星星就是我们祖辈温柔如水的眼睛，他们会永远在你看得见的地方，守望着你，保护着你。"我听了，嘴角微微上扬，六岁的我听不懂这其中的深意，却也笑了。我外婆给我讲着美丽又动听的故事，月亮洒下柔柔的清辉，我枕在外婆的臂弯悄悄地熟睡了，只有悠悠的故事仍萦绕在耳畔。

阴云遮掩了星辉，遮掩了月光，我眼睛里盛满了泪，热热的，然后肆意流淌在我的脸颊。在泪光中，幻化出了外婆的面容。"滴答"，雨点落在了地上，是上天读懂了我的心思吗？

雨轻轻地落下来，而我也会把这份珍贵的回忆埋藏于心底，埋藏在每个想念外婆的夜晚，直到永远，永远。

因为，那是我生命中最珍贵的礼物。

我的讲话病毒

汪语诗

　　我很爱讲话，所以，"讲话"这个超级大病毒已经在我的身体里扎根了。唉，我只要十分钟不说话，就憋得难受，这个毛病也给我惹了许多麻烦。

　　语文课上，我的讲话病毒发作了。那天，老师正在讲一道很重要的题，而我却一个字也没听，兴高采烈地和同桌聊起天来。谁知，老师把我叫了起来，问："你说，我刚才讲什么了？"糟了，我心里暗暗想，怎么办，刚才没听课。我胆战心惊地站起来，支吾了老半天，一个字也说不出来。老师严厉地说："把这道题抄三遍。"唉，这讲话病毒害死我啦。

　　那天去上英语课，我很幸运地被选到成都参加英语比赛。我飞快地把卷子做完，一看，才过了十分钟。我闲着没事，检查起了卷子。呀，糟了，我的超级病毒又发作了，我忍，我忍，我忍忍忍，实在憋不住了。我压低嗓门儿小心翼翼地和同桌聊起天来，谁知，被监考老师发现了，他以为我作弊，怒气冲冲地走过来，在我的卷子上画了一个大大的鸭蛋。冤枉啊，我拼命地解释，可没人理我。没办法，我只能带着遗憾和委屈回家去了。

唉，这个可恶的讲话病毒让我的英语比赛也泡汤了，气死我啦。

几天之后，我去学奥数，谁知老师定了新规矩，上课不能讲一句废话，否则就罚做五十道奥数题，错一道就再把那道题抄十遍。天啊，这可真打到我脑门子上了，不说话，那可比不吃饭还难啊。才上课五分钟，我就有点儿控制不住了，可我的心里只有一个念头：憋、憋、憋。糟了，我又有点儿憋不住了，我计上心头，假装拴鞋带，躬下身子，自言自语了几句。可我的同桌却把我讲话的事告诉给了老师，唉，谁让我俩是一对冤家呢。这次，终于让他找到机会了。可苦了我了，五十道奥数题，错了还得抄十遍。我的天啊，这对我来说可是个天文数字啊，悲哀，悲哀，真悲哀。

最郁闷的是这个讲话病毒还在飞快地繁殖着，我无能为力，阻止不了。不过，为了迎接美好新生活，我痛下决心——杀掉病毒！

我左思右想，制定了许多方案。A方案：随时抱一本书，想讲话了就开始看书，看得入迷了就自然就忘记讲话了。B方案：睡觉，想讲话时就闭上眼睛，假寐也可以。C方案：想讲话时就使劲儿憋，不行时就击打课桌或书本。D方案：喝辣椒水，感觉辣就不能说话了。

A方案失败了，因为不可能走到哪儿都抱着书啊，况且走路不能看书，上课也不能。B方案也失败，没有睡意怎么也睡不着，假寐对抗不过讲话病毒。C方案更不行，上课的时候我怎么敢如此暴力地对待我的桌子呢，再说啦，我的小拳头也对抗不过木头桌子啊。D方案更不现实，我一喝辣椒水就很兴奋，虽然不说话了，可很难受。

唉，这个病毒不能清除了，怎么办啊？谁能来救救我，给我点儿强效又让我好受的"抗毒剂"啊。

我班的"标点符号"

林诗文

　　如果把我们班比作一篇精彩的文章，那么有的同学就是文章中不可缺少的"标点符号"。

　　肖琳当然是不折不扣的"省略号"。不管是上午还是下午，她都会抽点儿时间来看课外书，书包里几乎装满了课外书。她知道的故事很多，讲的故事也非常有趣，每次讲故事，讲到关键时刻，她就停下来，卖关子道："欲知后事如何，请听下回分解！"总是在精彩处吊我们胃口的她成了大家的"开心果"。

　　要是说认真负责的"句号"，非陈华龙莫属啦！因为他做事有始有终，每次老师叫他发作业，他不像别人一样随便乱扔，而是认认真真、有始有终地把作业发给同学。收作业时，如果有同学不交，他就会紧紧"跟踪"，或督促或指导对方，直到把作业收齐为止。我们都很喜欢有责任感、做事认真负责的他。

　　如果有人问我们班的"感叹号"是谁，同学们肯定会异口同声地回答："曾玉容。"她很有礼貌，对谁都会热情地打招呼。她的歌唱得非常好，还获得了校园歌手大赛一等奖呢。她的演讲、朗诵也不赖，只要有这类型活动，学校肯定让她参加。她的舞跳得特别棒，婀娜多姿，迷人极了，校内文艺演出的舞台上，同样能找到她的倩影。大家可能会有疑问，她什么都会，那学习成绩会不会很一般呀？嘿，那你就错了。她的成绩经常站在"9字头"上，学科竞赛也多次拿到名次呢。

你们想知道最爱思考问题的人是谁吗？告诉你吧，是我们班的"问号"——蒋锐同学。每次有难题出现，他都会第一个解答出来，如果实在不懂的话，他就会问到懂为止。他很爱思考，懂的知识也很多，成绩非常优秀。

这就是我们班的"标点符号"，因为他们，我们班显得更出色了！

一起挖野菜

潘思恩

今天风和日丽，妈妈和外婆带着我一起去挖野菜。

一路上，我们谈笑风生，小狗柔柔好像也特别兴奋，不停地摇它的尾巴，紧紧地跟随在我们左右。乡村的风景真好，空气非常新鲜。外婆一路跟我解释：这是已经长出来的麦苗，这是豌豆苗……不一会儿，我们就来到了目的地——一个超大的鱼塘边。鱼塘的岸堤上长了许多蚕豆苗，外婆告诉我，不久这里将飘满蚕豆花的香味。可其他地方光秃秃的，没见地上长有多少植物呀，哪儿来的野菜呢？

正纳闷着，外婆和妈妈却已经忙开了。只见外婆用手轻轻地掰开蚕豆叶，不停地挖掘。咦，莫非野菜长在蚕豆叶下面？我飞快地跑过去要看个究竟。外婆举起手里的植物说："喏，它们就长在蚕豆下面，不过有的也长在显眼的地方，你要认真找才行。"

我也拿起镰刀，学着外婆的样子，在蚕豆叶下依葫芦画瓢地找了起来。"笑笑，你认识野菜吗？"妈妈一语惊醒了我。"对呀，野菜长什么样啊？虽然吃过好多回，但都没有好好看过。"

于是，妈妈拿过来几棵野菜当作样本。这回呀，我仔细看了个明白：原来，野菜的茎很长，深深地埋在泥土里，叶子呈齿状，开的花是白色的，不过开花的野菜可不能要了，因为已经老了。

认识了野菜，我就起劲儿地干了起来。哎呀，怎么那么难找啊！我走了几米远，都没看见一棵。"耐心点儿，旁边的杂草很多，要细细地看。"外婆好像看出了我的心思。我静下心来，仔仔细细地找了起来。哈哈，被我找到了一棵！我像发现了新大陆似的，欣喜若狂地把自己挖到的第一棵野菜放到了篮子里。

尝到甜头的我继续搜寻、挖掘。每挖到一棵就欢呼着，与小狗柔柔一起庆祝。妈妈和外婆看我这么高兴，都笑了。

有时，我和妈妈也会犯糊涂，把长相相似的草当成野菜一起挖了，都被外婆挑了出来。

我们挖了一个多小时，提着满满一篮子野菜回去了。到家后，外婆择菜、洗菜，把菜和肉剁碎后，包馄饨吃。啊，新鲜的馅儿吃到嘴里的感觉就是不一样，特别美味。

我的天使妈妈

韦小萌

我的妈妈是一名护士，也是一位白衣天使。在我的心目中，妈妈是最美丽的天使，她不仅医技精湛，而且对病人体贴入微，处事也是从容不惊。

记得有一天爸爸不在家，我和妈妈正在吃晚饭，医院来电话让她去协助治疗。妈妈放下电话，二话不说带着我急忙赶到医院。刚进大门就听见吵闹声夹杂着孩子的哭闹声，输液室门口很多人围观——家属指着一位护士阿姨大骂。妈妈急忙换上工作服，来到病床前还未开口，家属就情绪激动地冲上前来理论，妈妈安抚家长先坐下来平稳情绪，了解事情缘由。原来，是有一位小患者因腹泻多次而失水过多，小孩儿哭闹着，极度不配合，所以护士阿姨多次静脉穿刺不成功，无法及时用药。妈妈了解清楚缘由后，面带微笑，俯下身子，一边用手摸了摸小孩儿的头，一边从容不迫地从口袋里掏出一样东西递给小朋友说："你看，这是什么？"我一看原来是我的动画片"光头强"贴纸。小孩儿一看见"光头强"，立刻破涕为笑，安静下来。妈妈趁小朋友注意力转移的空当儿，快速找静脉、消毒、穿刺，一气呵成。家长连连致谢，围观的人都用赞许的目光注视着妈妈。妈妈长长地吁了一口气，露出舒心的笑容。

妈妈不光对病人细心体贴，对我更是关爱有加。我在幼儿园时，由于感冒导致发烧抽搐。在去医院的途中，妈妈为了避免我因抽搐而咬破舌头，竟把自己的手指伸进我的口中，就这样一直支撑到医院。等我醒来，妈妈的手指留下了一道深深的牙印，渗着殷红的鲜血。十指连心，那该多痛啊！我顿时热泪盈眶，妈妈却故作轻松地忙前忙后。直到现在，我每每看到那个疤痕，总不免有一股暖流涌进心头。

这就是我的妈妈，一位只知付出却不求回报的天使妈妈。她虽然没有天使般的面庞，却有一颗像天使一样善良博爱的心灵。带着一对装满爱心的翅膀将关爱和体贴洒向每个人。

爸 爸 变 身

张肖肖

　　我一直以为我的爸爸是严肃的，一板一眼的，总之，他对我的好，从来都不是温柔的，直到那一次，永远地改变了我的看法。

　　那是一个深秋的夜晚，窗外是瓢泼的大雨，呼啸的狂风。我原本睡着了，但却莫名其妙地醒了，只觉得口干舌燥，头晕脑胀，全身的骨头都在疼，我很难受，眼泪不受控制地跑出眼眶。但我却不敢叫爸爸，因为爸爸从小就对我很严厉，而妈妈又不在家。

　　我躺在床上辗转反侧，渐渐哭出了声音，我听到了细碎的脚步声，有人推开了门，我知道是爸爸，这时候，我再也没忍住："爸爸，我好难受，身上好疼，我睡不着！"我哭着，像个小娃娃一样，向爸爸伸出了手臂，我想爸爸抱抱我，哄哄我，我太难受了。

　　爸爸大跨步的走到我的床前，将我一把抱了起来，将手放在了我的额头上，爸爸的手凉凉的，放在我滚烫的额头上，很舒服。

爸爸抱着我去吃了药，然后将我放回了被窝里，轻声地哄着我睡，我从来不知道爸爸的声音也可以那么温柔。伴随着爸爸的轻声低语我渐渐地沉入了梦乡。但我睡得依旧不安稳，从骨头里渗出来的疼痛折磨着我，还有身上一直没有褪下去的高热。半梦半醒间，我感觉到额头上一片冰凉，真舒服。睁开眼，我看到了爸爸的背影，他正在拧毛巾，然后折叠成长方形，转过身的时候看到我醒着，就问："还难受吗？"我摇了摇头，他便接着说："那就睡吧。"我闭上了眼睛，即使身上依旧不舒服，但却觉得无比安心。我知道爸爸一晚上都在不停地给我换着额头上的毛巾，因为即使睡着了，我也能感觉到额头上的凉爽。

再次醒来的时候我已经在医院里了，爸爸抱着我坐在医院走廊里打吊针，他靠着椅背睡着了，双眉紧锁，满脸的疲态，但双臂却依旧紧紧地抱着我。我心里酸酸的，为爸爸的疲惫，也为以往自己对爸爸的埋怨。我往爸爸的怀里又钻了钻，就继续睡着了。

后来，我的病好了，爸爸又恢复了往常的样子，严肃的，一板一眼的，轻易不对我笑，但我总能轻易想起那一晚变身的爸爸，那样温柔，那样耐心……

彩 虹 桥

刘丽丽

那天，大风赶走了笼罩着整座大山的雾，似乎想把我手中那把锈迹斑斑的雨伞吹走。雨越下越大，越下越猛，风也越来越狂，脚下布满了一个个深浅的坑洼，让我失去身体的平衡。我使劲儿踩定那唯一不一样而又坚韧的脚印，就像紧紧抓住一根救命稻草似的。

空气中夹杂着轻微的声音，还掺和着清凉，愈合了我内心的担忧。时间像是和我作对一样，流逝得很慢，就像一头老骆驼在干枯的沙漠中无力地牵引着。我加快了步伐向前走去，声音越来越大，步伐也越来越快，我心中产生了一种无力感，就在我想放弃这无用的挣扎时，突然眼前呈现了一片明亮，又或者是老天爷怜悯我这个幼小又孤寂的心灵。风停了，雨也小了，云朵也弃暗投明了，恢复了往日的洁白。

我赶紧追上他们。不久我听到了哥哥姐姐的声音，我很高兴。我终于赶上了他们的步伐，挤在了他们的中间，一路嬉戏着向山顶走去。在山的那边有红橙黄绿蓝靛紫七种颜色构成的这世间最美丽的事物。那里很宽广，脚下的嫩草有一指高，脚一踩就凹下去了，还散发着微微的青草香味。到山顶后，我把牛牵到一边，然后自己一个人玩。我的后背被调皮的露水打湿了，我继续享受着大地给予我的惬意的时光。不一会儿，七彩虹桥也逐渐变得虚幻，最终消失不见，自从那天以后我又多了一个朝思暮想的对象。

　　时光飞逝，流水无情，天上的云彩就像一张未完成的素描，正在被画家小心翼翼地一点点涂成灰色，忽然，一道亮光冲破了黑暗的囚笼，发出一声怒吼，响彻云霄，紧接着天空中飘起了无名的雨……

月儿弯弯

彭文全

弯弯的月儿，恰似岁月的书签，夹在童年的那一章，发出淡淡的清香。

童年的月儿，总是弯弯地挂在树梢上。淡淡的鹅黄色，发出幽幽的朦胧的光，映衬着月光下我们欢乐的脸。一群"同居长干里，两小无嫌猜"的伙伴们，在黑夜的掩护下，在月儿的溺爱下，溜进了我家的院子，偷偷地聚在那棵挂满石榴的大树下。白天，这里是妈妈管辖的领地；夜晚，却是我们的天堂！

看哪！一溜儿赤脚光头的小男孩儿"哧溜哧溜"地向上爬，眼睛亮亮的，盯着树上半青不熟的石榴，那敏捷的身手和馋嘴的模样，真像花果山的刁猴。

我总是第一个爬上树，随手摘一个石榴，在衣服上蹭两下，掰开就吃起来。那种酸酸甜甜的滋味，真让人馋哪。大伙都盘坐在树下，左手一半，右手一半地往嘴里送，不时发出窃窃的笑声，那笑声充满得意、满足。突然，屋子里有人咳嗽了一声，伙伴们立即住了嘴，慌张地盯着屋里，最胆小的还做好了逃跑的姿势。一会儿，什么声音也没有了。不知谁"扑哧"一声先笑了，大家也都跟着捂着嘴笑起来。摇摇晃晃的树影下，一张张欢笑的脸，都藏进了你的记忆里。

童年的月儿总是挂在树梢上，笑盈盈地对着我笑，我动它也动，我走它也走。月儿，你是否也已经把这一片笑声留在了心里？

哦，弯弯的月儿，你把我童年的一切都留住了吗？不然，怎么每次望着你，我都会泪光盈盈地想起我的童年！

十里画卷漓江行

张赫宣

"小小竹排江中游，巍巍青山两岸走……"这是一首大家耳熟能详的老歌，漓江之行让我深感自己真的走入了这歌曲的旋律之中。乘坐竹筏荡漾在漓江之上，漓江的水真清啊，都可以看到十几米深处的江底柔软飘摇的水草。我忍不住把小脚丫伸进水里，哈！水草温柔地"抚摸"着我的小脚丫，真痒！漓江的水真静啊，竹筏就像在一块绿翡翠上滑行，只微微留下一串白色印记。

漓江两岸是座座青山。漓江的山与北方的山大不相同，没有北方山峰的峭拔险峻，倒多了几分秀气。山上都是郁郁葱葱的树木，绿绿的山倒映在绿绿的水里，天空显得更蓝了。蓝天、青山、碧水，徐徐展开了一幅色彩明丽的画卷，让人心胸为之一舒。

竹筏滑行了一会儿，我们来到了九马画山。这座山上，深浅不一的石壁组成了九匹马的图案。据说，当年我国领导人来到这里，很轻易就看出了九匹马，而美国前总统来到这里，看了半天，却只看清了三匹。于是当地有了这样的说法：如果你能看出五匹马以上，你就适合在国内发展，相反，眼拙看不出呢，那就走出国门闯天下。哈哈，我看出了六匹，可以一直留在祖国哦！

上岸了，这一站叫作月亮山。好美的名字。月亮山一游，你就不得不感叹大自然的鬼斧神工！一座山上，突出来一块拱桥形的岩石，圆满地形成了白天的"月亮"，更神奇的是，从不同的角度看，月亮的形态也不尽相同，有满月，有新月，还有上弦月和下弦月呢！这样的月亮山已经叫人称奇不已，而"月亮"里还有一棵桂树，暗合桂林之意，又能让人想起月宫嫦娥、吴刚伐桂这些美好的传说，更给月亮山平添几分神秘。

南国的树也与我们北方大不相同。在巴金爷爷的《鸟的天堂》一文中，我初步领略了榕树独木成林的风范，这次在月亮山附近，我亲眼见到了榕树的美。那是一棵千年古树，根深叶茂，像一把绿色的大伞，真是一棵树一片林，让人不禁感叹大自然的神奇。

桂林山水，当之无愧的"甲天下"！

陪妈妈去献血

张雨扬

妈妈是一名护士，经常会在家里说起工作上遇到的人和事。每当说起那些遇到困难的家庭，妈妈的脸上总会掠过一丝忧虑……

一天中午，妈妈一进家门，就急匆匆地说："中心血库O型血告急，我今天要去献血。杨杨，你吃过饭跟我一起去吧！"吃过午饭，我带着一丝疑虑和恐惧，第一次踏进了献血车。

车上有四名采血医护人员，她们个个面带微笑，看到我和妈妈走上车，立刻送上亲切的问候，我先前的担心一下子减少了许多。我开始"探索"起这个特殊的空间：并不很大的车厢被分成了内外两间，虽布置得满满当当，却也井然有序——五六张小巧舒适的座椅，五张同样小巧简单的工作台，一台自动饮水机，饮水机旁放着几袋优质奶粉和一大摞一次性纸杯，其中一张工作台上整齐地摆放着一些必备的化验和抽血设备，车厢最后的架子上是供献血者自由选择的几种纪念品，上面写着"无偿献血、奉献爱心、献血光荣"等字样。车上的每一个角落，无不被"爱心"包围。四名身着白色工作服的医护人员穿行其中，并不时跟前来献血的志愿者热情地打招呼，唠家常。此时我的感觉是：这好像不是与疾病密切相关的场所，而是一个温馨的家。

终于轮到妈妈献血了。登记、量血压、验血型、等化验结果、正式抽血，这便是献血的全过程，医护人员熟练又一丝不苟地操作着。在等待期间，一名工作人员把一杯牛奶热情地送到妈妈面前，乳白色的牛奶、白色的工作间、洁白的工作服，顿时融为一体，一种圣洁的感觉悄然涌上我的心头。看到妈妈的脸上洋溢着笑容，我心里的担心也荡然无存了。当妈妈把那杯牛奶喝完时，验血结果也出来了，按照医生的吩咐我们又到了另一张工作台前，最关键的步骤——抽血开始了。

暗红色的血液顺着输液管快速地流入了储血袋。为了缓解献血者略显紧张的心情，分散献血者的注意力，就在那短暂的两分钟内，细心的护士还不失时机地向我们宣传献血的好处。一位稍年长些的护士打趣道："一看来献血的人，我就能猜到他的血型，一猜一个准儿。"说完还得意地扬了扬眉毛。

"吹牛吧！"旁边的一位护士立即予以"回击"，"那你岂不是快赶上算命先生了？"

"哈哈哈……"笑声充满了整个车厢。

这时，我终于忍不住走到一位正在忙着整理工具的护士面前，说："阿姨，我也想献血。"只见她放下手里的活儿，转过身来，又摸了摸我的头，微笑着对我说："小朋友，你真有爱心，真勇敢，真是一个好孩子！阿姨代表所有的医护人员感谢你！可是，你现在年纪还小，不适合献血，等你长大了再来吧！"

这时，车厢里响起了一阵热烈的掌声……就在这一刻，我不再对献血心存疑虑和恐惧。长大了，我也要像妈妈一样，做一名献血倡议者和志愿者。

您是彼岸的树

柳舟舟

天空下着暴雨，闪电骤然出现在眼前，轰轰的雷鸣声震耳欲聋。已经是晚上十一点了，回家的路上，我斜靠在座椅上，闭上眼睛装睡，父亲对后座的我说："睡吧，睡着了到家时我把你抱回去。"

"嗯。"其实，我根本就睡不着，因为害怕打雷，但我又有点儿想偷懒，于是装睡。

车停在了楼梯口，车上没有伞，爸爸用他的衣服裹上我，冒雨把我从车上抱下来，全然不顾自己，在雨中奔走。雷霆霹雳，在高空咆哮着，雨"哗哗"地在耳畔下着，我感受着父亲怀中的温暖和安全。

"哗哗——哗哗——"雨仍然不留情地下着，倾盆的大雨为什么没有被感动呢？我小小的心里却满是温暖，像糖一般甜，完全没有被雨水冲刷，没有被冰凉的空气覆盖。

听到钥匙扭转的声音，我知道家到了。从楼梯口到家门口，这短短的一条路，似乎很漫长。也许，这条路，就是通往幸福彼岸的路。

来到幸福的彼岸，我仍记得那个曾经在父亲树荫下躲着的懒小孩儿，从树荫下走出，我才明白风霜雨雪都是要经历的。尽管现在长大了，这些也都会经历，但曾经的温暖与感动却从未被冲淡。树荫下，我仍是个懒孩子，不愿经历风吹雨打，独立时，温暖却仍在我心中，即使荆棘丛生，会有无数困难坎坷，可是，我亲爱的父亲啊，我又怎能忘记：您是我在彼岸的树，等待着倦鸟的归巢……

机器人妈妈

张静怡

　　放假了，妈妈给我报了许多兴趣班，我心里那个郁闷啊！听，妈妈正在客厅里不停地念叨我呢。天啊，快来个神仙救救我，别让妈妈唠叨了。

　　忽然，窗台上落下个漂亮的荷花小仙子，她眨着眼睛递给我一朵荷花，笑着说："我来帮你吧！每一片荷花瓣都能完成你的一个心愿，请珍惜，小心使用。"说完她又带着一股清香飞走了。

　　我惊讶地大张着嘴巴，揉揉眼睛，将信将疑地摘下一片花瓣，嘴里念着："把我妈妈变成机器人吧，别让她再唠叨了。""当"一声，客厅里的妈妈好像真的变成了机器人。我走过去拉拉她的手，"主人，有事请吩咐。"妈妈机械地说道。吓了我一跳，没错，是钢铁的，真的是机器人。

　　我一个筋斗翻到沙发上，哈哈大笑，太爽了！我找出所有被禁封的零食和饮料，打开电视，躺在沙发上，准备开吃。机器人过来了，"禁食垃圾食品，禁食垃圾食品。"她把所有好吃的全部收走，扔到了垃圾桶里。我气得"哇哇"大叫。

好不容易到了中午，我吩咐机器人给我做红烧排骨去，只听它不停地嘟囔："没吃过，不会做；没吃过，不会做。"我的脑袋都快被它气炸了，最后忍痛拿出一片花瓣，变出了丰盛的午餐，狼吞虎咽地吃起来。

　　可能吃得太多，不一会儿，我就开始肚子疼。躺在沙发上大叫："妈妈，妈妈，我肚子疼，你快来啊！"机器人过来了，僵硬地晃着脑袋，只念着："肚子疼，没办法；肚子疼，没办法。"连疼带恨，我咬牙切齿地拿出一片荷花瓣，许愿赶快别让我肚子疼了。谢天谢地，不疼了。

　　正在这时，爸爸回来了。我急忙把妈妈变成机器人这件事告诉他。爸爸高兴地大笑："太好了，可以随便抽烟、玩游戏了，当神仙喽！"说着，他就大摇大摆地点燃了一支烟。刚吸一口，机器人晃过来，一把抢走烟，说："禁止吸烟，禁止吸烟。"爸爸夺过烟又去厨房，机器人跟到厨房，"禁止吸烟，禁止吸烟。"爸爸藏到阳台，机器人追到阳台，"禁止吸烟，禁止吸烟。"爸爸捂着耳朵冲我大喊："快把你妈变回来，快，你妈允许阳台上抽烟的，它可比你妈严格多了！"

　　说实话，一天下来我也想妈妈了。虽然她唠叨又霸道，可她爱我们，还会无微不至地照顾我们。我毫不犹豫地拿出一片花瓣，把机器人变回了妈妈。

　　"张静怡，写作业去，写完作业练吉他去。""哎，你怎么回事，到阳台抽去，关门。"听，刚变回来的妈妈又开始唠叨了……

苹果偶遇记

马思琪

　　餐桌上，放着一只果盘。盘中有一只特别显眼的苹果，绿得发亮。这天，小主人踢足球回来，口渴极了，看见这只苹果，拿起来张嘴就咬。呀，太酸啦！他随手往窗外一扔，就又去踢球了。

　　苹果疼得"呜呜"直叫，伤心地滚啊滚啊，滚到了一棵树下。他看见一只小鸟正站在枝头唱着悲伤的歌。苹果不解地看着小鸟，问："难道你也遇到了不开心的事？"小鸟长长地叹了一口气，说："我家本来在绿色的森林里。我和我的兄弟姐妹一起生活在温暖安逸的家里。那里温暖又明亮，无论刮风还是下雨，我们都不怕。家里经常传出愉快的笑声。可是，好景不长。人们为了建房子，把大片大片的森林给毁了。我的家搬了一次又一次，现在我和我的亲人失散了。我只好独自在这里流浪。呜……"说完，小鸟伤心地大哭起来。苹果也很难过，但是他帮不上什么忙，只好随着风继续向前滚。

　　苹果滚到了小河边，看见一只螃蟹在岸边爬来爬去，愁眉苦脸的。苹果奇怪地问："螃蟹大哥，你怎么了？有什么不开心的事情吗？"螃蟹一看是苹果，就向他诉起苦来："我们的小河本来清澈见底，我们在里面自由自在地生活。可是，小河对面不知什么时候建了一个化工厂。他们每天往小河里排放大量的污水，小河现在变得又臭又脏。你看……"苹果一看，小河上果然漂满了垃圾，河水黑黑的，还不时散发着阵阵臭味。"我的很多兄弟姐妹都不明不白地死去了。"螃蟹抽噎着。苹果听了也流下了同情的泪水。

就这样，苹果滚到哪里，都会听到不开心的事情，他听到了很多以前从不知晓的事情，也见到了很多以前没见过的东西。

终于有一天，苹果的全身都烂了，滚到了一个坑里，再也没力气往前滚了。一年又一年过去了，这个坑里慢慢长出了一棵苹果树。粗壮有力的枝干，翠绿欲滴的树叶。小鸟来枝头筑巢，小朋友们到树下乘凉。苹果树结出了又大又甜的苹果，微风吹过，苹果在树上对人们点头微笑。谁也不知道他们的祖先曾经走过多少路，谁也不知道他们的祖先曾经知道多少事情。只是那些小鸟还在寻找自己的家园，只是那些河里的小鱼小蟹还在寻找自己以后生活的水源。

这事儿糗大了

夏　天

　　"喂，把书包上的……拿掉！"妈妈追出门大喊。今天我值日，要早到校，我吃完饭背起书包拔腿就走，妈妈的话根本听不清楚。反正没什么大不了的，每次上学爸妈总是千叮咛万嘱咐的。

　　连续几天阴雨天，今天终于放晴了。阳光暖暖地照着，风儿轻柔地抚摸着我的脸，油菜花开得黄灿灿的。河边柳树嫩绿的叶芽间爬着毛毛虫似的小穗穗，任凭风儿敲打就是不肯离去。

　　雨后的空气分外清新，香香的，甜甜的，我的心情真是倍儿爽。瞟了一眼苏果超市的时钟，离规定到校时间还早，我不禁放慢了脚步。"看看，那是什么哟，都上六年级了，难道还要带手帕？""可能带的是抹布，擦桌子用的。"后面的同学七嘴八舌，或许在说别人，或许是称赞我刚买的书包款式新颖。我懒得管他们，快步跨进校门。

　　"嘿嘿……夏天，你的书包真漂亮。"邻班的米晨雨变得比往日客气，抢前一步跑到我前面诡谲一笑。

　　"呵呵，呵呵……"穿过校园，本班的几个高个子女生朝我笑嘻嘻的。我还真不习惯女生这么看我。可能是昨天数学考了个第一，人气旺了，她们都对我另眼相看了。学校就是这样，高分数就是尊贵的名片。

天气大好，又收获了这么多笑脸，真有点儿轻飘飘的。"咯咯，咯咯……"楼梯口邻班的漂亮女孩儿走过来，我忘了叫什么名字。瞧她那样儿，笑得花枝乱颤，我真没拿正眼瞧她。

又一群人冲着我指指点点。不会是前几天"校园艺术节"的精彩表演，给他们留下深刻印象了吧？那只是小菜一碟，要是拿出我的绝活儿，保准他们现在就会跑过来，抢着向我要签名。

走进教室，早来了好多同学。我只顾着沾沾自喜，却把值日给忘了。"看什么看，没见过帅哥啊？"许多双眼睛齐刷刷地盯着我。我扯下书包，一条黑魆魆的东西滑落地上。捡起一看，竟然是一只昨天换下的袜子。

原来，人们异样的眼神都源于这只臭袜子啊。我还以为……脸上顿时红霞飞过，都怪我东西乱放，要不，这袜子怎么会跑到书包带上故意捉弄我？这事儿糗大了！

嚼牙大历险

顾小涵

呀，嘿，啊！我不知道自己在哪里，我的眼前一片黑暗，外面的世界是什么样子的呢，好奇的我用尽全身力气将沉沉压在身上的那块"巨石"挤开了。

天啊，没想到那个"巨石"竟然是我的哥哥，我是一颗嚼牙，我把哥哥挤掉了，我诞生了！"拜拜老哥！"我对哥哥说。哇！我环顾四周，嫩红嫩红的，这里就是小主人的嘴巴！咦，那儿有一个通道，黑极了，好恐怖！我拿出小镜子照了照，嘿，我真漂亮，洁白而结实，再看看我身旁的那些哥哥姐姐，摇摇晃晃的，好像马上就要脱落了！我自豪地挺起了胸脯，迫不及待地想开始自己的第一个工作。

终于，考验我的时刻到了，"门"——嘴唇打开了，一束光顺着门照了进来，还有一阵凉凉的风，一个苹果缓缓地被送了过来，门牙大哥当机立断将苹果切了一小块下来，舌头姐姐当起了运送机，把苹果块送了过来。

轮到我出马啦！我配合楼下的兄弟姐妹一起工作，用力地嚼呀嚼，很快苹果块就被我们"粉碎"了，果泥顺着小主人的喉咙轻轻滑了下去……

有了这一次和苹果的作战经验，我信心十足，特别希望再有机会和食物较量。过了一会儿，我的机会来了，"门"再一次打开。可这次的对手实在不好对付，我旁边的姐姐告诉我，这是泡泡糖！这个家伙可真厉害，弹力十足又能屈能伸，哼哼，你这臭小子，这么高傲，看我的"霹雳粉碎嚼"！哇呀呀，累死我了，过了一会儿，小主人将这个家伙赶出了嘴巴。

我扫兴极了，连区区泡泡糖都对付不了，唉，郁闷。

可刚把这件扫兴的事忘掉，灾难就来临了！小主人天天都吃泡泡糖，还不爱刷牙，渐渐地，我的身体开始发臭，浑身疼痛。

小主人的妈妈知道后，把小主人狠狠地训了一顿，严厉地禁止他再偷吃泡泡糖。可是小主人屡教不改，还是天天吃。日久天长，我开始松动了，疼得几乎要掉下去了。

那天，是个不吉利的日子，小主人去上学。不知为什么，他和他们班的一个同学打架，那个同学是班里的打架大王，他凶神恶煞地抓起小主人，对着他的脸就是一拳。我被这冲击一震，更松了。

这天晚上，小主人在妈妈的逼迫下去刷牙了。他拼命刷我这里，牙龈磨松了，我也落了下去……

我落到了马桶里，丧失了生命。如果我还能再说一句话，我会对小主人说："主人，你现在不爱惜牙齿，也许你的牙就没法用到老了，请珍惜吧！"

渐渐地，我失去了意识，忧伤地闭上了双眼……

窃 读 记

雷佳音

这是一个阳光明媚的星期天，我做完作业，准备看书，妈妈正好经过，过来给我布置了两张试卷。我皱起眉头，朝妈妈的背影做了个鬼脸。我闷闷不乐地走进书房，愤怒的眼睛里都能射出"小李飞刀"。

我埋头做着试卷，做着做着，遇到一个难题。我抬起头，眼睛开始到处瞄，一下就看到了放在桌角上的漫画书《樱花公主》，我想起来了，上一次，正当我看到最关键的时刻，上课铃响了。

现在，它那诱人的封面又开始向我的大脑发出超强的诱惑电波，和我脑海中的诚实射线互相撞击。我是应该认真学习呢，还是偷偷地看一小会儿书呢？思想斗争越来越激烈……

终于，书的吸引力还是占了上风，我没能挡住它的诱惑电波，拿起《樱花公主》快速地藏到卷子底下，掀开卷子的一角，津津有味地读了起来。突然，我听到一阵脚步声，赶快把卷子盖到书上。

偷偷一看，虚惊一场，原来是风吹动窗帘的声音。我蹑手蹑脚走到门边，紧张地望了望正在看电视的爸爸妈妈……哈，太好了！他们还沉浸在美妙的剧情之中。确认"危机"还留在客厅后，我闪回座位，把漫画书从试卷底下抽出了一点点，越看越入迷，渐渐忘了我本来是在干什么的，完全融入到故事中去了。

嘴里还不停地念叨着："唉，佛罗埃真笨呀！""呀，樱花真美呀！""拉斯勒克斯，你真狡猾！"

突然，我觉得光线好像变暗了，一阵寒气扑面而来，我的心里上演了一场"男女混合双打"的好戏……

唉，窃读不可行也！我还是安安心心学习吧。

赤壁之战的几种意外

位于航

　　想必大家都知道《三国演义》里著名的"赤壁之战"吧。曹操因没有防备，以为周瑜真的投降，才吃了大亏。虽然周瑜赢了，但假若时光倒退，周瑜再用这个计谋去攻打曹操，以下这几种意外都足以让周瑜失败！

　　第一种：下雨。

　　当周瑜大军接近曹操的领地时，士兵便将船点着，可就在计策即将成功之时，天空乌云一片，就在他们准备跳下水时，突然下起了暴雨，搞得周瑜措手不及。虽然周瑜是杰出的军事家，怎奈也有马失前蹄之时，平时倜傥的周瑜只能狼狈地泡在水里，眼睁睁地看着船上的火一点一点熄灭。而曹操发现敌军的船上点起了火，知道自己上当了，便派几千名神射手，划快船追杀周瑜大军，结果周瑜大军被乱箭射成了"刺猬"。真是人算不如天算啊！

　　第二种：船翻了。

　　众所周知，周瑜他们乘的是那种小快船，以那个时代的造船技术而言，很难两全其美。如果速度很快，则安全度就会下降，周瑜造船时只考虑速度而把最重要的安全忽略了，这样就随时都有翻船的可能。当周瑜让士兵点上火以后，士兵们都争先恐后地跳入水中，这样就使本来就不太安全的小船更加摇晃了，东倒西歪，最终船翻了，周瑜他们成了"烧烤"。

第三种：浪把船打湿。

周瑜在驶向曹操的领地时，一路上风和日丽，海上也风平浪静，只有船驶过留下的一串串涟漪。周瑜站在船头，不禁得意扬扬：真是天助我也！正应了天时、地利、人和。正当周瑜得意之际，海上突然狂风大作，一个大浪向船打来，把船上引火的芦苇打湿了，硫黄和硫酸也都泡在了水里，周瑜顿时目瞪口呆，想回营地，可东南风很急，没办法，保命要紧，只好真投降了。唉，真是弄巧成拙……

第四种：黄盖算错了。

黄盖算错了，如果不是东南风，而是东风，周瑜他们把船点着了，可船却向东行驶。周瑜他们一看大事不妙，只好弃船逃命，好在周瑜旗下的将士们都熟悉水性，周瑜带着士兵逃回营地，刚进门就要对黄盖进行军法处置。再说曹操，他知道自己上当了，恼羞成怒，便派上千名精兵强将攻打周瑜营地。周瑜因为要对黄盖军法处置，而黄盖平日待士兵不薄，将士们都纷纷替黄盖求情，说黄盖能征善战，有谋有勇，立过无数战功，虽然今天失利，但功大于过……周瑜这边正闹得沸沸扬扬之时，曹操大军已经攻打进了营地，周瑜没有防备，被杀了个措手不及……

以上就是我对"赤壁之战"的几种想象。如有雷同，纯属巧合。

爱我，你就陪陪我吧

王佳琦

　　"嘀嗒，嘀嗒，嘀嗒……"家里如此寂静，陪伴我的只有那"嘀嗒"的钟表声，除了做作业就是看电视，无聊又寂寞。爸爸，妈妈，爱我你们就多陪陪我吧！

　　假期的一个早晨，我一觉醒来，发现家里空荡荡的，一如既往地一片寂静，似乎连根针掉在地上都能听见。看了看四周，我无奈地笑了，这种感觉就像心被掏空了一样。刷牙洗脸后，我心想：先做会儿作业吧，等爸爸妈妈回来就能吃饭了！我想完便坐在椅子上，专心致志地写起作业来。依旧是"嘀嗒，嘀嗒，嘀嗒……"的声音，我无意间抬了下头，发现时针已经悄悄地跃过了"12"。

　　"咕噜噜，咕噜噜……"这时，我的肚子很不争气地响了起来。正当我翻箱倒柜地找东西想填肚子时，"砰"的一声，门开了，爸爸回来了。他急匆匆地打开饭盒，只见饭盒中有米饭、鸡腿、红烧肉，还有鸡蛋汤，香气四溢，呵，真是色香味俱全！我沉浸在盒饭的香味中，突然爸爸的手机响了。"好好，我马上过来。""琦琦，你自己吃吧，我去上班了。"硬生生地撂下这么一句话，爸爸就闪电般“飞”出了门。又是“砰”的一声，我被孤零零地关在了家里。一切又恢复了以往的安静，除了无奈还是无奈。我不禁质问：工作是很重要，可工作难道比女儿还重要？爸，妈，你们的关心哪儿去了，你们的陪伴哪儿去了？我紧紧地抱着饭盒，噘着嘴巴，站在阳台上两眼失神地看着匆匆离去的爸爸。算了，先吃饭吧。

我只能靠做作业来打发空虚的时间。做完作业后，我想打个电话给妈妈。“您好，您拨打的用户正在通话中，请稍后再拨。”听着这熟悉却不亲切的声音，我愣了一会儿。没办法，我只能一遍又一遍地重复着之前的动作，好多遍后电话终于拨通了。话筒的那边传来的是一片嘈杂，我还没来得及说什么，妈妈就说：“我现在很忙，一会儿给你打。”“嘟嘟嘟……”电话挂了，这个短暂的过程结束得比想象中的还要快。我一甩手将手机摔到沙发上，整个人如失了魂似的一屁股坐在了地板上，也不顾地板传来的透骨的寒意。

“爸爸，妈妈，你们回来吧，不要让我一个人在家，你们多陪陪我好吗？难道你们不爱我了吗？”听着自己发自内心的呐喊，我的视线模糊了，眼泪像关不住的水龙头“哗哗”地流了出来。

我 的 朋 友

李烨博

晴天时，每当我们抬起头，就能看到天上许多的云在向我们招手问好。

如果你仔细去看它，会发现云的形状真是太多变了。我们内心的许多情绪，都未必能找到贴切的语言去表达，而云却会用无限多的形状，清晰地将它们的"内心"表达出来。

它们变成手的样子，是在向我问好吗？变成棉花糖的样子，是怕我饿了吗？变成字母的样子，是要跟我交流吗？它们悠悠地飞在上空，一副怡然自得的样子，莫非云也有"物我两忘"的时刻？

小时候，我爱向云倾诉心情，不管我怎么发泄，它都笑眯眯地看着我，仿佛在说：男子汉大丈夫，哭又解决不了问题，还不如好好做，争取下次做好不就行了吗？当时天真烂漫的我便整理心情，重新开始。慢慢地，白云成了我的朋友，我们一起回家，它陪伴着我，我也陪伴着它。

放了假，我便坐在台阶上，与它互相聊着各自快乐的事情，虽然语言不同，可是并不影响我们的交流。直到夜色悄然织上天空，月亮高高挂起，我们才含泪而别。我好想到云的世界看一看，可是我不会飞，茫茫天河把我们隔开了，一个在天，一个在地，我们互相思念着、盼望着。

随着年级的升高，我多么想回到那时啊！高兴的时候，它变出奇形怪状的图形给我看；悲伤的时候，雨仿佛就是它的泪花，"滴滴答答"地往下流。我安慰它，它却似乎听不见。

现在的我回想起来，才发现自己的行为是多么可笑，我真是佩服当时那般天真的自己。

"打股"特别行动

苏玮博

"啊哈！又赚了！"

"哎呀！买亏了！"

"……"

耳畔又传来了爸爸时而欢喜时而惋惜的感叹。唉！自从买了股票，爸爸便不分昼夜地研究着股票，已经到了走火入魔、废寝忘食的地步。

我和妈妈看着他深陷于股市的深渊中，只能在一旁无奈地摇头叹气，谁让爸爸是一家之主呢！最近，股市出奇地猛涨，爸爸更是将大部分精力投入到红绿交织的"股海"里。看着爸爸如此痴迷于股票，我们可是万分焦急呀！不行，不能让爸爸如此这般沉迷下去！

于是，我和妈妈精心策划了一次"打股"特别行动。

房间里传来了爸爸的鼾声，确定他睡熟后，我和妈妈蹑手蹑脚地走出房间，来到书房，打开电脑，世界仿佛在这一刻静了下来，只能听见我们"怦怦"的心跳声。妈妈小心翼翼地轻敲鼠标，生怕一不小心发出声响把爸爸吵醒了，那可就前功尽弃了。

我们战战兢兢地给电脑设置好密码后，便悄悄地回了房间。值得庆幸，我们的计划顺利实施，万事俱备，只欠东风。

"咦？昨天关的时候明明没有设密码呀！奇怪了！"我和妈妈听见了爸爸的嘀咕声，不约而同地捂着嘴笑，暗自窃喜。

就在我们认为爸爸无计可施之时，他从书房走了出来，我和妈妈见状，立刻把脸上的表情转为严肃，若无其事地做着各自的事。

"电脑是你们锁的吧？"爸爸用质问的语气问我们，看来他已经隐隐猜出了几分。

"没有啊，怎么回事？"妈妈装出一脸纳闷，我在一旁偷着乐。

"难道家里有贼？"爸爸的目光恶狠狠地盯着我。

想瞒天过海怕是不行了，我思索着，干脆一不做二不休，坦白了吧："没错，是我们锁的，主要是为了纠正你的不良习惯。"

爸爸愣了愣，本以为他会大发雷霆，没想到他竟哀求妈妈："老婆大人，您行行好，把电脑开了吧，有什么条件尽管提！"

我在一旁大笑起来，妈妈禁不住爸爸的软磨硬泡，终于大发慈悲："想开电脑，可以呀……"爸爸听了，正要高兴，妈妈却又说，"不过，每天用电脑不能超过三小时，如果你不遵守，那就别怪我再把电脑锁上哦！"

爸爸听了，身子一软，坐在了地上，真是欲哭无泪啊！我和妈妈相视一笑，哈哈，特别行动，圆满成功！

猫　朋　友

开弓——放！

姚文杰

一向寂静的射箭馆里进来了一群人，他们个个身强体壮、虎背熊腰，一看就知道实力非凡！

我是一名队员

我来到了射箭馆，走到一堵挂着很多弓的墙边，打量了好一会儿，取下一把最重的反曲弓，又走到一个箭筒前，两脚分开，抽出一支羽箭搭在弓上，两根手指紧紧夹住箭，将弓弦拉开，瞄准了靶心，猛地一放。

"嘣——嘣——"十二支箭全部射出，我算了一下，116环的成绩，不错！

我 是 箭

那些人一来，就会拿起我，把我搭在一根绳子上，举到空中。不一会儿，我感觉自己被两根手指紧紧地夹住并快速后退——我被迅猛地向后拉。这人用劲儿怎么这么猛！这绳子的弹力怎么这么大！我尾巴痛死了……话音未落，我突然感觉四面兜风，不是风在吹，而是我在向前飞。当我沉浸在这火箭般的速度中时，猛地抬头一看，突然发现自己正向好多花花绿绿的环飞去。我还没反应过来，已经一头栽在一颗红心里了。我真想说一句："对不起，没弄疼你吧？我也不想这样啊！"身后突然响起了一阵热烈的掌声，我终于明白了，我全部的意义就在于射中那颗叫作"靶心"的红心。

我 是 靶 子

我是一个靶子，和人一样，也有一颗"闪亮的红心"，起码在队员的眼里是这样。我的心脏可不像人的一样，在身体的左边，我的是在正中间。除了心脏，我的身上还有白、黑、蓝、黄四种颜色组成的大大小小的九个环，正因为这长相，使我在射箭这项运动中贡献巨大。要是没有我，运动员怎么瞄准？裁判怎么给分？

但是这份工作也不好做。"啊——"一阵突如其来的刺痛把我惊醒了，我低头一看，一支羽箭不偏不倚插在了我心脏的位置，随后，接二连三的箭"嗖嗖"地射来，不一会儿，我心脏的位置已经千疮百孔了。

那名射中我的队员定了定神，调整好呼吸，又开始继续瞄准……

小 皮 鞭

邹 涛

在我上小学一年级时，爸爸就做了一条二尺长的小皮鞭，说是在我犯错误时教育我用。从此，我和小皮鞭进行了"六年战争"。

我上一至三年级时，是小皮鞭最"火"的时候。如果我上学淘气，考试成绩不好，或是作业写得马虎，回家后爸爸就会拿起小皮鞭，然后问我："说，抽几下？"我便开始老一套——软磨硬泡。在我的软磨硬泡下，爸爸没有一次真的用小皮鞭"教育"过我，但这并不能打消我对它的恐惧。

"制服"爸爸？我没那么大本事，只有和小皮鞭较量一番了。一个星期天的中午，爸爸妈妈都在睡午觉。机会来了，我偷偷摸摸地把小皮鞭扔进了垃圾箱。拜拜了，让我担惊受怕的小皮鞭！万万没想到，爸爸在清理垃圾时，发现了小皮鞭，又把它"营救"回来了。看来，扔不是办法。我绞尽脑汁，想出了第二条妙计——藏。起初，我把小皮鞭藏在床底下、柜子后面，可不知怎么的，爸爸总能轻而易举地找到它。

就在我彻底没咒念的时候，我又多了一个"战友"——邻居家的小弟弟。说来也巧，一次他淘气，他妈妈到我家借走小皮鞭，回家后，对小弟弟来了一通"震慑教育"。从此他也恨上了这条小皮鞭。还是小弟弟聪明，他把小皮鞭塞进我家洗衣机的下水管里，既不影响洗衣机的使用，又一点儿也看不出来。

小皮鞭的"出头之日"是妈妈要挪洗衣机那天，她发现下水管直直的、硬硬的，又很重，拿起来一看，小皮鞭就冒了出来。

五年来，我和小皮鞭的"战争"从未间断，但多数时候是我输。升入六年级之后，不知不觉，半年多过去了，爸爸再也没有用小皮鞭教训我。因为我现在学习、纪律都有进步，同学们说我责任心强，还选了我当学习委员。我改掉了一些坏毛病，大概也有小皮鞭的功劳。

前些日子，我们要搬进新房子。收拾东西时，爸爸说我有自觉性了，用不着这条小皮鞭了，扔了吧，不往新家里带了。它原来是我多次想拔掉的"眼中钉"，不知为什么，这时反而舍不得扔了，因为它记录了我成长的烦恼和家长的心血，最终，我还是把它带到了新家。

你

陈欣怡

三岁，我第一次见你，你尖长的脸上嵌着一双不大不小的眼睛，一个不大不小的塌鼻子，一张不大不小的嘴里长着两排不太整齐的牙齿。胆小的我跟着胆大的你，从见你的那一刻起，我不再畏惧上幼儿园。

四岁，我们一起做手工，两个小小的人儿拿着比手还大的剪刀，抓着白白的纸。你的右手拿着剪刀，我的左手拿着胶棒。我们坐在同样高的板凳上，同样皱着眉头研究着那些完全搞不懂的东西，同样的迷糊，同样的茫然，同样的我和你。

五岁，我们到了会玩的年龄，不管天气好坏，小区里总有我们的身影，我们骑脚踏车、玩"扭扭车"、滑滑板、堆雪人、打雪仗……我们的欢歌笑语洒满了整个小区。

六岁，我们在清新却又陌生的校园相见，你呆呆地站在楼道，我也如此，傻傻地看着来来往往的同学。我不经意地回头，正好撞到了你的目光，惊讶地发现我们不仅在同一所学校，而且在同一个班级，心里装不下的快乐向外涌着，我们一起度过了迷茫的一年级。

上学的时光总是过得很快，我们在七岁到十岁的这四年里，曾经一起叠小星星，一起许下愿望：愿我们永远在一起，永远是好朋友。我们曾经在黑夜中哭过、笑过、闹过。我们曾经一起去看外面的世界，在北京的欢乐谷，我们坐在一起，披着雨衣，胆小的我闭着眼睛，低着头，你牵着我的手，一起玩巨浪冲水，游乐场的天空中飘荡着我们的欢声笑语。我们曾经一起学习古筝，一起上课外辅导班，一起讨论问题，拥有共同的小秘密……

十一岁，我们长大了，我惊奇地发现，你变了！从前那个"女汉子"不见了，取而代之的是一个亭亭玉立的小淑女，眼睛变得如水晶般美丽，从前一分钟都不安静的你何时变得如此娴静？你的背影，让我觉得陌生又熟悉，不知为何，从你的背影中，我总是能依稀看见童年那个充满稚气的你……

转瞬间，时光带着我们一起快乐地走过了十年。感谢你，我的童年伙伴！

春分，一个好玩的节气

陈　熙

　　春分是一个很有趣的节气，以前我只知道这一天的白天跟黑夜一样长。春分前一天，老师布置了一个特别的作业，要我们更多地了解一些春分的习俗。我就上网查了查，春分有一颗有趣的习俗深深地吸引了我——竖蛋。

　　说试就试。我打开冰箱，里面却一个鸡蛋也没有。这个难不倒我。我拿了钱，到楼下的超市买了十个鸡蛋。回来的路上，我心里直嘀咕：怎么竖蛋呢？这圆溜溜的鸡蛋真的能竖起来吗？我摸着那一个个光滑的蛋，笑了，心里充满了期待。

　　一进家门，鞋都还没来得及换，我就快速拿出一个蛋来。不料，一下子没拿稳，鸡蛋"啪"一声掉在地上，像一朵花似的。我赶紧清理干净。

　　我小心翼翼地又拿出一个蛋，先抚摸了一会儿，细细一看：它圆圆的，一头略大，一头略尖些，像一个胖娃娃似的。我瞪着鸡蛋，自言自语道："你可要争气哦，一定要成功，不然我就吃了你！"我试着把它立在厨房光滑的大理石上，倒了；又立，再倒；再立……手扶着鸡蛋上边，不成，我就扶着鸡蛋的下边。右手累了，又换成左手。重复了十来下，我只好认输了——看来这个蛋真是"扶不起的阿斗"啊！

我从剩下的八个鸡蛋里挑挑拣拣，又取出一个，抚摸了一会儿，温柔地说："小蛋蛋啊，我这次可全靠你了，等你成功了，我就封你为'蛋蛋国王'！"我聚精会神地盯着它，双手把它稳住，轻轻转动，又定了好几秒钟，然后缓缓地松开手。嘿，它稳稳地立在那儿了！真像一个挺着啤酒肚，很有声望的国王似的。我看着它，开心一笑，说："我可是一个节约的孩子，你呢，我要留作纪念；剩下的蛋，也就是你王国里的八个子民，就要落入我的'虎口'啦。"我停顿了一会儿，又说："你不说话，我就当你答应啦。"我打着火，把其余的八个蛋做成煎蛋，淋上酱油，就是全家人的一顿美餐啦。不过，爸爸妈妈回来的时候，他们夸得更多的不是我的厨艺，而是那个立起来的高傲的"国王"。

俗话说，"春分到，蛋儿俏"。春分，可真是个好玩的节气呀！

我发现了根的秘密

苏　畅

　　一天，我和妈妈一起挖萝卜，挖着挖着，我突然对萝卜的根产生了兴趣。为什么萝卜的根部有着长长的"尾巴"，周围还有好多"胡须"呢？为什么有的植物根部只有"胡须"呢？我连忙请教当老师的妈妈。妈妈告诉我，根部有着长长的"尾巴"，周围还有好多"胡须"的是直根系植物，而根部只有"胡须"的是须根系植物。妈妈的话让我有些丈二和尚——摸不着头脑。妈妈笑着说："这样吧，你动手做一个实验就明白了。"

　　在妈妈的指导下，我开始着手做起了小实验。我们准备了一些植物的种子，有大豆、青菜籽、稻谷和小麦。妈妈先让我用温水将这些"小可爱"浸泡了几个小时，让它们喝足了水。接着妈妈分别取出几粒种子，让我将它们的种皮剥去后观察。我发现，大豆和菜籽种子有两个瓣，而稻谷和小麦的种子只有一个瓣。妈妈告诉我，种子的瓣叫"子叶"，有两片瓣的叫"双子叶植物"，有一片瓣的叫"单子叶植物"。然后，妈妈吩咐我将其余浸泡的种子分别种在花盆里，几天之后再去观察。

　　几天后，这些种子长出了嫩叶。我又有了一个重大发现，大豆和青菜长出的嫩叶是一对，而水稻和小麦长出的嫩叶是一片。我迫不及待地想看看它们的根长啥样。妈妈说："现在不行，它们太小了，根还没完全长成呢，你得再等几天。"

又是几天过去了，我可着急了。我偷偷地拔出几棵幼苗，盼望已久的根终于出现了。我把它们视作珍宝，用手轻轻扒开沾在根上的泥土。奇怪了，大豆和青菜的根系都有长长的"尾巴"，"尾巴"周围有密密的"胡须"；小麦和水稻的根系则只有"胡须"。我赶紧向妈妈汇报，妈妈说："这下你应该知道实验的结果了。"原来，大豆、青菜等双子叶植物的根系是直根系，水稻、小麦等单子叶植物的根系是须根系。

妈妈又告诉我，农民伯伯为了增加收入，经常将一些双子叶植物和单子叶植物间隔种在一块田地里。须根系植物的根入土较浅，可以充分吸收利用浅层土壤的水分和养料。直根系植物的根入土较深，可以充分吸收利用深层土壤的水分和养料。

听了妈妈的介绍，我受益匪浅，心想：植物的根真是太奇妙了！我还要探索更多关于植物的奥秘。

猫朋友

帮奶奶圆梦

刘伟伟

再过一个月就是奶奶的八十大寿了。该送什么礼物给奶奶呢？我想来想去，算了，还是先问问奶奶吧，她喜欢什么我就送什么。

"奶奶，您快过生日了，想要什么礼物呢？"我蹦到奶奶身边问。"苏苏，奶奶什么都不想要，要是你爷爷能陪我拍一次婚纱照就好了。"呵呵，我忍不住想笑，没想到，奶奶老了老了，还想赶一回时髦。我拍拍胸脯："这事包在我身上！"奶奶撇了撇嘴，又摇了摇头："你爷爷那个'老古董'，我都和他商量一年了，他就是不答应……"

"这事交给我，奶奶你就放心吧！"说完，我一阵风似的跑走了。

爷爷正坐在沙发上看电视呢。我抱着爷爷的胳膊就开始撒娇："爷爷，奶奶过生日，您打算送什么礼物给奶奶呢？""嗯，这个嘛，我早就想好了，给她求个平安符吧，祝福她一下就行了。"爷爷的话，让我头上直冒冷汗，爷爷也太没情调了。我想起奶奶刚才说的话，心想，对付爷爷这种"老古董"，硬的不行，只能来软的。我继续撒娇："爷爷，您爱不爱我？"爷爷斩钉截铁地说："当然，这还用问？"我立即追问："那我有一个小小的要求，您答应不？"爷爷不假思索地说："只要不是让爷爷去天上摘星星，爷爷什么都答应你！"嘻嘻，爷爷中了我的圈套了！我凑到爷爷耳边低语一番，没想到爷爷像被蜜蜂蜇了似的，身子猛地一挺，连连摆手说："什么？不行！都一大把年纪了，还拍婚纱照？涂脂抹粉的，打扮得都不像自己了，跟个老妖精似的，绝对不行！"

我快快地坐到一边，脸像霜打的茄子，但心里还在盘算着怎么让爷爷"就范"。爷爷见我不高兴了，左解释，右解释，我才不听呢，捂着耳朵说："刚才还说什么都答应我，没几秒就出尔反尔，您惹我不高兴了！"爷爷支支吾吾了半天，不知道怎么应付我。我见火候差不多了，便从硬攻转为软攻，苦口婆心地对爷爷说："您知道吗，奶奶已经这么大岁数了，她最大的心愿就是和您拍一次婚纱照，您就答应吧……"在我的软磨硬泡下，爷爷终于答应了，选了个好日子，陪奶奶去了照相馆。

更衣间里，爷爷穿了一套黑色的绅士服。"嗯，这套还不错！"爷爷边照镜子边点评，嘴都合不拢了。不一会儿，奶奶穿着白色的纱裙款款走来。"哇，奶奶您好漂亮哦！"我不由得赞叹道。奶奶害羞地笑着，款款走向爷爷："好了，老头子，我们照相吧！"

随着照相机的"咔嚓"声，奶奶终于圆了她的梦，拥有了迟来的婚纱照，我的心里也美滋滋的。

与墨水"大战"

周鹭洋

　　妈妈总是说我肚子里没有"墨水"，但是从今天起，她再也不能这样说了。今天我喝了好多墨水，还和墨水上演了一场"战斗"呢！

　　下午最后一节是英语课，我一边听老师讲，一边习惯性地把拆出来的笔芯往嘴里送，咬得津津有味。忽然，我的舌头一凉，居然把笔芯里的一次性墨水吸进了嘴里，一阵强烈的苦涩味道侵袭了我的嘴巴，并在我嘴里快速蔓延开来，顿时，整个口腔充满了一种说不清道不明的味道。"啊——怎么这么苦？！"我连忙跑到卫生间，试图把墨水全吐出来。

　　"呸！呸！呸！"我一口一口地吐着。咦？怎么全是黑色的？这下完了，整张嘴巴都要变成黑色的了！我对着卫生间的镜子一照，不照不知道，一照吓一跳！镜子里的我，舌头上全是墨迹，像一条恐怖的大虫！这可怎么出去见人啊？

　　赶快洗掉！于是，我用手蘸了点儿水，对着镜子，伸长舌头，在舌头上擦来擦去。洗刷刷洗刷刷——虽然老师大声批评我，说什么我会铅中毒之类的话，可我才不害怕呢！虽然张着嘴，我还是哼起了小曲，按着节奏，一顿狂刷。

一分钟，十分钟，二十分钟……英语课下课铃响了，同学们已经放学了。可我还站在镜子前面奋斗着、努力着……过了好久，我停了下来，再仔细看看，唉，那些墨，一大片一大片，都在我舌头上"成家立业"了！上面的黑色丝毫未减，仿佛在嘲笑我的无能呢！我恼羞成怒，气急败坏，使出了"撒手锏"，我从书包里掏出一把尺子，不管三七二十一，伸到嘴里，刮了起来。可是三下两下，我的舌头就火辣辣地痛了起来，我被刺激得一下子蹦离地面"三尺"高："哎——嘶——哈——嘶哈——嘶——，哈——要被妈妈——嘶哈——骂了——嘶哈——"

果然，我看见妈妈正从她的教室里出来："周鹭洋！你在干什么？！"

她的眉头一皱，哦，天哪，不仅仅是舌头，我的全身都开始痛起来了！最后，这场激烈的战斗，"我方"以惨败告终……

吸笔芯这种事，以后我再也不敢干啦！

在"不确定"中成长

付博文

　　记得还没上学时，我一直住在姥姥家，那时一出大门就能看见姥姥种的一排排杨树苗，还有远处那成片成片的绿油油的庄稼。我特别喜欢小树苗那柔嫩的绿叶和软软的枝条，于是嚷着也要种一棵，姥姥便让我亲手栽种了一棵小小的杨树苗。我给它起了个名字叫"点点"。

　　它是我出生以来第一次亲手种的植物，对我意义重大。我每天定时定量地给它浇水，从来不会偷懒，不会迟到。我怕枯枝会影响它的生长，便精心地为它修剪。我常常坐在它旁边，看着天上的太阳，心里甜甜地想：阳光、雨露什么都不少，我的小树苗一定会茁壮成长的。每当此时，姥姥就会笑呵呵地摸摸我的头。"点点"一天天地长大，它渐渐高过了姥姥栽的小树了。我看在眼里，喜在心上。清晨，看见那青翠欲滴的小叶片和嫩嫩的枝丫，我一天的心情都十分舒畅。但有一件事却一直让我疑惑不解：姥姥从来不像我这样细心地浇灌她的小树，一开始还每天浇水，但从不定时定量，到后来，不是非常干旱，姥姥都不会去给它们浇水。我好心提醒姥姥多次，可她就是不听我的。不过再想想，这也正是我的"点点"比它们都高、都绿的原因吧，我心里有些小小的窃喜。

很快，九月就要来了，我到了上学的年龄，我紧紧地抱着我的小树"点点"，虽然我只照顾了它两个月，但我真的不愿与它分开，更不愿离开农村那广阔的天地。但我知道，我不得不回到城市那钢筋水泥的世界。我反复叮嘱姥姥，一定要像我一样细心地照顾"点点"，就算姥姥一再向我保证，我还是不放心，每天都要电话遥控一下。到后来，只要姥姥一接起电话就会说："放心吧宝宝，你的'点点'很好。"

转眼，一年过去了。由于爸爸妈妈工作太忙，姥姥被接到城里照顾我也有半年了，虽然我把任务反复交代给了姥爷，但我还是放心不下。终于盼到了暑假，我又可以回姥姥家了。我来不及放下背包，就跑去看我的"点点"，我一定要给它一个大大的拥抱。可眼前的一幕让我呆住了："点点"枯萎了，干枯的小枝条没有了往日的柔韧，几片黄黄的干叶子挂在上面，看上去摇摇欲坠，和姥姥种的那些朝气蓬勃的小树形成了鲜明的对比。我的泪水忍不住滚滚而下，我转身跑回去质问姥爷，为什么不照顾好我的小树。姥爷的眼神看上去满是委屈。姥姥把我搂在怀里，对我说："宝宝，你错怪你姥爷了，你的小树一直受到特殊照顾。相反，其他小树没有人照顾。""骗人，那我的'点点'为什么会枯了，其他的树却长得那么好？"姥姥带着我去找"点点"枯萎的真相。当我们扒开土，用小锹挖出小树的根，一切都明白了，"点点"的根没有深深地扎进土壤中，而其他小树的根都是向着下面深深地扎下去。姥姥语重心长地对我说："种树是十年的基业，开始给它们浇水，是因为它们太小，还不能成活，但也不能太定时定量，因为大自然里的风雨是不会定时定量的。等它们成活了，我们就不能太照顾它们了，我们要让它们自己经历风雨，它们才能学会生存，才能把根深深地扎进土里，才不会害怕干旱、大风、大雨。你的'点点'让你照顾得太好了，它没有了自己生存的能力！"看着枯萎了的"点点"，我知道这是一次生命的教训。

如今，姥姥种的杨树都已经和房子一样高了，它们都经得起风雨干旱，从来不用姥姥去照顾，相反，它们还可以为姥姥遮风挡雨，全部成了有用之材。人生的路也是一样，在"不确定"中成长，你才会更加坚强，也才会经得起生命中的各种考验。我已是六年级的孩子了，我一直拒绝当温室里的花，我不想成为"点点"，我要让自己在"不确定"中得到淬炼。

我家的狗儿酷酷的

谢海靖

我家的这只狗本来在街上流浪，浑身脏兮兮的，人见人厌。忽然有一天，它被善良的奶奶碰上了，就被带回家养着。因为它全身黑漆漆的，我们都顺口叫它"黑子"。

一段时间后，黑子长胖了，肥壮的体形再配上粗大的四肢和毛茸茸的尾巴，看起来很威武，可我一点儿也不喜欢它！你看它，一双眼睛凶神恶煞的，还总是不停地朝路过的人乱叫，搞得邻居三天两头地找我们投诉，烦都烦死了。但是，奶奶不但没有教训那条恶狗，反而每次都帮它说好话。我气得直跺脚，黑子却像不关它的事一样，天天昂首挺胸地在院子里来回踱步。无奈，我只能装作没看见它。

黑子很偏心！自从来到这个家，它就只对爷爷奶奶摇尾巴，只吃爷爷奶奶给的食物，只对爷爷奶奶哼哼唧唧，至于家里的其他人，它却是一副高高在上、爱理不理的样子。奶奶说，那是因为黑子是她和爷爷救下的，所以黑子只认他们。啥？狗也会知恩图报，那猪都能上树了！哼，一定是爷爷奶奶年纪大了，老眼昏花，才看不出它有多凶恶！我轻蔑地看了黑子一眼，没想到那狗却回瞪了我一眼。它分明就是装乖嘛！哼，装！接着装！臭黑子，总有一天，我要你原形毕露。可是，事与愿违，后来发生的一件事彻底改变了我对黑子的看法。

那个冬天的晚上，天气很冷，月牙儿惨白惨白的，似乎也被冻得很难过。于是，我们一家人早早就入睡了。不知为什么，我总是睡不着，只好盯着窗外的天空数星星。数着数着，我的眼皮越来越重，就在我快要睡着时，那只臭黑子却"汪汪"地叫起来。我以为是有人路过，正想翻身继续睡，院子里却传来低低的说话声："哼，这条死狗，前天就坏了我们的大事，还敢咬我！今天，我们有备而来，看我不弄死它！""对，弄死它！"另一个声音附和道。

我一个激灵，瞌睡虫一下子跑光光：有小偷！我蹑手蹑脚地爬出被窝，猫着腰来到窗户边，小心地探出身子向外查看。借着淡淡的月光，我模模糊糊地看到院子里多了两个人。他们一个站在黑子的前面，手里抓着一把铲土的大铁锹，正作势要往黑子的头上敲；另一个站在黑子的身后，张着手弓着腰，似乎要瞅空子扑上去抓住黑子。

我急忙离开窗户，先用屋里的电话小声地报了警。警察叔叔告诉我，悄悄地叫醒家里人做好防范，他们一会儿就到。于是我又摸着黑推开家里其他人的房门，然后我们一起藏到大门后面观察情况。

此时，黑子还在和那两个坏人搏斗。它腾挪闪躲，身姿矫健，那两个坏蛋几次伸手，几次挥锹，都被黑子灵活地躲过了。忽然，黑子纵身而起，往前一扑，咬住了那个拿铁锹的坏蛋的手臂，那个坏蛋连连甩手，想把黑子甩开。可是黑子咬得死死的，那个人怎么也挣不开。这时，后面的坏蛋趁机上前，掐住了黑子的脖子。手臂被咬的那个人就用单手举起铁锹，眼看那厚重的铁锹就要砸在黑子头上了，我的心也快从嗓子眼儿里蹦出来了，忽然，院门外响起了尖锐的警笛声。我们猛地拉开门，一起冲出来。我一把抱住黑子，爷爷奶奶、叔叔婶婶赶紧挡在我的四周，爸爸妈妈去开院门。也许是事出意外，两个小偷一下子像是被定格了，连铁锹都忘了放下来！等他们回过神儿来，警察叔叔的手铐已经铐在了他们的手腕上，而黑子也直到此时才松开口！哦，勇敢的黑子啊，你真是太酷了！激动之下，我忘了以往对黑子的所有嫌恶，抱住它的头，在它毛茸茸的额头上用力地亲了好几口。

当然，从那以后，我再也不讨厌黑子了。尽管它照样对我不理不睬，可我还是尽力去讨好它，逗它开心！在我眼里，它比专门消灭外星入侵者的黑衣人还要酷！

美丽的大海

陈紫阳

　　大海，是汹涌的，一朵朵浪花拍打沙滩，发出"轰轰"的浪花声；大海，是壮观的，由远及近，一望无际；大海，是富有的，它蕴含着丰富的矿产；大海，是无私的，它将自己的儿女奉献给人类。大海的一切都是那么美，凡是看到它的人，无不为它陶醉……

　　记得我七岁那年，我终于来到了海南三亚，一大早，我便早早地起了床。漫步在沙滩上，仰头便望见那一抹淡淡的曙光，旁边点缀着一点一点红，身后一个一个小脚印，海水慢腾腾地流动着。过了一会儿，太阳如同一个娇滴滴的姑娘，害羞地东躲西藏，一不小心避开了那一团团如纱衣似的云雾，瞬间，它散发出的光芒照亮了整片大地。我终于瞧见了它的真面目，天空中，围绕在太阳附近的云雾渐渐由白变红，更加衬托出太阳的娇羞。云雾缓缓流动着，消失在天空中，阳光没了阻碍，将自己的光芒散发出来。整个海上顿时生机勃勃，海鸥们成群结队地从天空飞过，海水不时拍打着干燥的礁石，海浪连着海浪，形成了一个巨大的水花，潮起潮落，一个个贝壳显露在海边，贝壳在阳光的照射下闪闪发光，耀眼无比。金色的波浪此起彼伏，发出"哗哗——"的声音。

没过多久，大海边人山人海，聚满了人。大家都尽情享受着大海带给他们的凉爽，我走在海边，一个一个小脚印出现在了岸边，远处的海水在阳光的照射下，像一个个顽皮的孩子向岸边奔来。海面上一会儿奔腾不息，一会儿风平浪静，一会儿波涛汹涌，一会儿波光粼粼，岸边的人都不再嬉戏，都驻足观看着这难以言表的美景，我被它深深地吸引，不得不感叹：大海真美啊！它的吸引力已经将我吸附其中，让我陶醉其中……

大海，你的一切都是那么美丽，你像母亲，给人温暖，有你的地方，就有欢乐。

弟弟又变卦了

赵 爽

　　弟弟是个超级手机迷，近段日子他迷上了《汪汪队立大功》，只要手机被他拿到，他就准看《汪汪队立大功》，并且一看就是一个多小时。妈妈怕他把眼睛看坏了，就交给我一个任务，让我想尽办法转移弟弟的注意力，让他少看手机。

　　怎样才能转移他的注意力呢？弟弟看得正起劲儿，哪里肯放手？要是硬把手机夺走，他就会一屁股坐地上哇哇大哭，弄得我下不来台。怎么办？对，家里有面包！"成成，这一集咱们看完不看了，好吗？"我带着商量的口气对弟弟说。"不行，我要看汪汪队！"弟弟直勾勾地看着手机，回应了我一句。"这儿有面包，咱们吃面包，不看汪汪队好不好？"我举起手中的面包，在他面前晃了晃，一看到面包，弟弟顿时喜滋滋地应允道："好的！好的！姐姐！"说着便伸着小手来抓我手中的面包。我把面包往上扬了扬，停在空中。"说话可得算数啊！""算数！算数！"弟弟干脆利索地答道。为了防止弟弟说话不算数，我还专门用手机录下他说的话。"这座难攻的城堡终于被我拿下了。"我暗自窃喜，这才把面包给了弟弟。看！这个贪吃的家伙，三下五除二把面包吃了个精光，此时他的嘴巴像装了俩鸡蛋，憋得转都转不过弯儿，我禁不住笑他的贪吃相……正乐着，我突然发现弟弟的眼睛里闪过一丝诡秘的光，这是什么表情？我正纳闷儿。弟弟趁我不备，拿起手机就往外跑。我顿时恍然大悟，忙在后面追赶："说过吃了面包不看的，怎么又看？哼！你这个小骗子，把面包吃完了，现在又变卦了。"

这就是我的弟弟。唉，这个难缠的弟弟，这个馋嘴的弟弟，这个手机迷弟弟！谁能给我支个招儿，让我制服这淘气的弟弟，我在这里多谢了！

窗前的那一株小花

林晗磊

去年夏天的一个上午，阳光并不是很强烈，泛着一丝丝暖人的夏意。一条小路上，遍地都是一株株娇小可爱的野花，从小路的一头一直蔓延到另一头。

阳光似粉彩师，将花朵的露珠变得五彩缤纷，给夏日增添了几分美丽的色彩。我突发奇想：采一株带回家种吧。走近细看，每一株的花朵都那么美丽动人，令我舍不得下手，我好像一只小猫，缓慢悠闲地穿梭在一株株小花丛中。

找呀找呀，并没有如想象中那样找到一株独特的花仙子，而我早已汗流浃背了。正当我转过身时，墙角的一株金黄色的小花吸引了我。我快步冲过去，弯下身细细观赏起这株金黄色的花朵。它的形状如同微小的百合，却比百合典雅精致，那么惹人喜爱。瞧，它娇小的身姿，高傲地昂起的头，枝条上满是绿油油的色彩，它就这么浑身发亮地出现在我的眼前，尽显无尽的风采，一下子印在我的心上。我用手将它轻轻地从泥土中连根拔起，嫩嫩的根须上带着泥土。我一路小心翼翼地把它带回了家。

回到家，我赶紧拿出阳台上的一只空盆，填满泥土，给这朵小花安了家。我把它摆在我的窗前，让它陪伴我每一天。

我一天天精心地呵护着它。秋天，它的花谢了，而茎干却依然挺拔；冬天，霜寒压迫着它娇小的身躯，但是它默默地盼望着春天的来临……终于，在温暖的春天里，它的枝长了，叶子大了，时间令它懂得了生活的艰苦，它更加茁壮地成长。

今年夏季，它又开花了，远看似一只淡黄的凤蝶，近看似一位美丽的花仙子，那金黄色的花瓣里似乎饱含着不一样的成就。炎热的夏日里，我的窗前能拥有这样一株小花，何尝不是一种幸福呢！

眼下，连江凤城见秋风，我凝视着窗前的小花，心中又腾跃起美丽的憧憬。

蹭　饭

于怡鸣

　　从我记事起，每逢周末我们都会去奶奶家蹭饭。直到现在，即使学习再紧张，爸爸妈妈工作再忙，就算是挤时间，也是周周不落地去蹭饭。

　　今天又是周末，从培训班一出来，连书包都来不及放，我就坐上爸爸的车，风风火火地往奶奶家赶。坐在汽车上，我不禁想：我们为什么每周都要去蹭饭呢？难道是奶奶的厨艺吸引我们？虽然奶奶的厨艺足够精湛，可是和那些饭店里的大厨相比，还是有些差距的。而且，每次开车花费的油钱也都够去饭店撮一顿了，更重要的是，每次去奶奶家都得花费半天的时间。可是，即便这样，大家为何还这么乐此不疲呢？我终于忍不住了，问妈妈："妈妈，为什么我们非要去奶奶家吃饭呢？"妈妈笑了笑，说："一会儿到了奶奶家，你仔细观察一下就明白了。"

　　来到奶奶家，我静静地站在一旁"察言观色"。大姑姑和小姑姑早已"捷足先登"了，此时，正帮着在厨房施展厨艺的奶奶打下手呢！妈妈也会在一边时不时地递个姜、剥个葱什么的，姑父也没闲着，正在忙着摆碗筷呢！爷爷见我来了，高兴极了，将我拉到沙发上，和我聊了起来。

开饭了，大家各就各位。爷爷偶尔会喝点儿啤酒，所以，吃饭时，姑姑早早地就会为爷爷倒上一杯，等到酒杯快见底时，姑姑又会及时地给爷爷添满。饭桌上，大家还会谈论一些有趣的、新鲜的事情，真是其乐融融。饭后，妈妈和大姑姑忙着收拾餐桌，姑父仍旧会搭把手，捡个碗或者擦擦桌子。收拾完毕，小姑姑已洗好水果，大家坐在沙发上一边吃水果，一边看电视，虽然大家都没有说话，但是却感觉很温馨。

奶奶家和我们家是截然不同的。在我们家，要么不做饭，即使做饭也都是妈妈一个人在厨房忙碌，爸爸泡在电脑上，我则在自己屋里写作业。吃饭时，我们也都严格遵守"食不言"的规定，迅速"扒拉"几口就完事，然后玩电脑的玩电脑，看电视的看电视，写作业的写作业，各司其职，互不打扰。

我正在想着，妈妈来到我的身边，悄悄地问我观察到了什么。我恍然大悟，原来，我们每周去奶奶家蹭的不是饭，而是家的感觉，那种其乐融融的家的氛围。

一波三折取名字

黄涵钰

我们每个人都有一个属于自己的名字，这名字会伴随我们一生，名字中包含着父母对我们的希望。我的名字是怎么来的呢？有一天，我好奇地问爸爸妈妈，他们微笑着回答了我。我这才知道，爸爸妈妈为了给我取名字可是操碎了心呢！

黄悦花。黄悦花是妈妈苦思冥想出来的第一个名字："不如就叫黄悦花吧！喜悦的悦，像花儿一样美丽，招人喜爱。"站在一旁的爷爷连连摇头："'花'字不好听，它经不起风吹雨打，还会凋谢。"于是，这名字只能黯然"出局"了。

黄春才。第一个名字淘汰后，大家都一副愁眉苦脸的样子，个个绞尽脑汁，突然，爷爷兴奋地说："就叫黄春才吧！春天，是万物复苏的季节，到处生机勃勃，给人们带来新一年的希望。才，才华、才学、天才。""不好！"爸爸若有所思地说："怎么听起来像个男孩子的名字呢？"这个名字也只好在争论声中"出局"了。

黄雪雅。沉默了一会儿的妈妈突然灵机一动："叫黄雪雅怎么样？瑞雪兆丰年，又温文尔雅。"正当大家都纷纷表示赞同时，还躺在摇篮中的我不知怎么了，竟然号啕大哭起来，大家见状，感觉我一定是不喜欢这个名字，于是立刻取消了这个名字的"竞选资格"。

黄涵钰。经过一轮轮筛选，大家都一筹莫展时，博学多才的爸爸"挺身而出"，边说边比划着，根本掩饰不住心中的激动："涵，内涵的涵。玉……妈妈姓金……就用'钰'字吧，宝物的意思。而且不管有没有偏旁，都这个读音，说明不管怎样，她都是拥有内涵的，都是我们家的宝贝儿！就叫黄涵钰怎么样？""这真是最独特、最恰当的名字啦！"大家眉开眼笑，纷纷点头表示赞同。

爸爸妈妈这么辛苦地为我取了一个好听又有内涵的名字，把他们的希望都寄托在了名字里。听了关于名字的故事，我感觉无比幸福。

猫　朋　友

朱佳宁

我们小区里有许多流浪猫，几位好心的老太太收养了它们，人们经常会在院子里见到它们。

有一次，在放学路上，我看到了一只黑白相间的小猫，水灵灵的大眼睛，柔软的四肢，可爱极了！也许是怕人的缘故，它站在我对面，愣愣地望着我。我蹲了下来，与它对视着。我刚想抬起半蹲的身子，小猫便警惕地向后退去，戒备地盯着我。

我连忙停止了动作，怕惊跑了小猫。刚才太鲁莽了，还是不要去惊动它好，但是要如何去摸摸它，怎么让它相信我没有恶意呢？我微微皱了一下眉头，想起了课文中冯骥才和小珍珠鸟的事。对啊，如果我没有伤害它的动作，小猫就会相信我了。于是，我耐心地等待着小猫的示好，温柔地观察它的动静，心里平静得如一潭没有一丝波澜的湖水。

终于，小猫有了些反应。它歪过头打量着我，犹豫地向前走了几步，发出一声轻微的"喵"。小猫眼中的戒备慢慢转变成了好奇，它试探性地踢过来一颗小石子，观察我的反应。我明白，现在过去和它玩耍还有些早，必须等到小猫过来触碰我时，才算真正得到了它的信任。我依然和小猫保持着这个距离，伸出手轻轻地、慢慢地把石子推了回去，继续打趣地望着小猫。小猫低头嗅了嗅石子，又抬起清澈的大眼睛望着一动不动的我。马上就要成功了。

小猫沿着白色的路线悄无声息地走过来，时而低头嗅嗅，时而放慢脚步。我的心也紧张地随之"怦怦"直跳。终于，小猫来到了我的身旁，好奇地"喵喵"叫起来。我缓缓地伸出一只手，想去摸摸小猫，它又习惯性地嗅了嗅，然后友好地用头顶顶我的手。我终于得到了小猫的认可。

我的指尖掠过它那光滑的毛，真软！我看着小猫纯洁的眼神，感受到了它深深的信赖。相信小猫在这一刻也一样感受到了我的爱惜与留恋。这一刻，微风吹起，树枝摆动，花儿舞蹈，我和小猫正静静地聆听着对方的心里话。

撞　衫

宋俊磊

　　前不久，妈妈给我买了一件蓝灰色的外套，我特别喜欢，于是第二天下午，我就迫不及待地穿着它来到学校。

　　我低着头刚走到教室门口，突然，听见坐在教室最前面的李鹏压低声音喊道："申老师来了！"这句话犹如一声惊雷在教室里炸响。瞧，原本无精打采、昏昏欲睡的同学们一瞬间变得精神抖擞，坐得端端正正。正在扭头与齐翌博说话的海航硕连忙"嗖"地转过身，脸上的笑容荡然无存，装出一副认真读书的样子，身子挺得笔直。正在埋头写数学作业的轩瀚泽，几乎在听到这句话的同时，把早已准备好的语文书压在数学作业本上面，装模作样地读起来。

　　申老师来了？我下意识地扭过身，没有人啊！老师在哪儿？我一时摸不着头脑，疑惑地看着大家。还是海航硕最先醒悟过来："谁说是申老师？是宋俊磊，可吓死我了！""宋俊磊，你穿的衣服怎么跟申老师的一模一样啊？"一旁的李鹏忍不住问道。我仔细一看，可不是嘛，申老师经常穿一件蓝灰色外套，我的新衣服确实和申老师的衣服相似度很高，而我又是低着头走进教室的，难怪大家误把我当成申老师了。

　　一场虚惊之后，大家又恢复了原来的状态。过了一会儿，申老师还没有来，我趁机上了趟厕所，回到教室的时候，发现申老师已经在班里了。大家在静静地看书，而海航硕却哭丧着脸，站在座位上，见我进班后，他用愤恨的目光紧盯着我。我十分纳闷儿：我又没招惹你，干吗这样一副表情呢？后来才知道，原来海航硕一直同别人神吹海侃，看见一个身穿蓝灰色上衣的人进来，以为还是我，就没有理会。结果……

　　哈哈！没想到我和老师的一次撞衫，竟然引起这么大的风波，真是太有趣了。不过，从这之后，大家强烈要求我不要再穿这件"撞衫服"了。

午睡，午睡……

陈一菲

吃过午饭，又是一段闲暇时间，我若无其事地整理着画画工具，同时，眼睛紧紧盯着妈妈的一举一动。

今天又要午睡了吧！

我努力揣测着妈妈的意思，并且干扰她的思维——"妈妈，我桌子旁边的衣服要洗了。""还没有洗碗哦。""我看见微信上有一条好玩的消息。"

我几乎用遍了所能想到的计策。可是，很快我心里的"小算盘"就被妈妈发现了。姜还是老的辣，她一边搓着衣服，一边说道："别想逃睡！再过五分钟，你要再不躺到床上去……"唉，只恨我这儿没有个"诸葛亮"，敌不过老妈，我只好乖乖顺从。

但是，躲在被窝里闭了眼，我仍然很不甘心，周六下午的美好时光就这么被午睡填满，不行！绝对不行！突然，我想到了客厅里的平板电脑。反正一会儿爸妈都要睡觉，我装睡半个小时，然后悄悄出去拿，如果妈妈又打"突击战"，以我平时积累的对抗经验准能逃过。嘿嘿！

一时间，我为自己的大智慧得意起来，谁说没有"诸葛亮"

的刘备就无用了？我照样能与强大的妈妈抗衡。渐渐地，我竟然控制不住地"咯咯"笑了起来。妈妈察觉到了我的异常，提高分贝命令道："十分钟后我来检查，你如果还没睡着，就过来和我一起睡！"我一惊，赶紧答应。

"嘀嗒，嘀嗒……"秒针毫无喜怒地走着，我的心也跟着"嘀嗒嘀嗒"。等待是那么漫长，那么枯燥，那么无聊，我盯着天花板，慢慢地消磨着时间。

外面还是能听到妈妈干活的声音，我纳闷：妈妈今天怎么还不睡觉？难道她不困？还是有什么要紧事呀？算了，再等等……

不知过了多久，我实在等不及了，神志开始不清，意识开始模糊……

"啪！"一本书掉在地上，将我惊醒。我揉了揉眼睛，将闹钟举在眼前——三点十五！我居然睡着了！

最终，周六下午的美好时光还是献给了午睡。

身后的目光

袁安慧

上午九点半，第二考场里正在进行着英语测试。

她抬头望了望墙上的时钟，还有十分钟就收卷了，可她的卷上还有大片的空白。看着自己的卷子，她心急如焚。"怎么办啊？"她颤抖着小声地说。前几天，还有好心的同学曾提醒她要多复习复习，可正玩得入迷的她却满不在乎。想到这儿，她不禁一阵懊恼。唉——

她稳了稳神，往左右看了看。周围同学的试卷都已做完，开始检查了。她更加心急了，仿佛有根燃烧着的鞭子在抽打她似的。一个念头从心底涌了上来。她瞄了瞄讲台上坐着的监考老师，飞快地从草稿纸上撕下一小片，用铅笔战战兢兢地写了几个题号，瞅着老师一个不留神的机会，赶紧塞到后面的桌上。

可刚一出手她就感觉不安了。不好！后面还有双严厉的眼睛。坏了！坏了！刚才的一切都被发现了。她的心"怦怦怦"地跳着。要知道，她一直以来都是老师眼里的好学生，今天居然——咦！不对啊！监考老师不是坐在前面吗？莫非是巡视的老师从后门进来了？她强按着怦怦直跳的胸口，偷偷地往后面望了望，没人啊！"一定是自己太紧张了。"她小声地安慰自己，"别怕！别怕！"

可就在她静静等待后面同学的消息时，身后的目光又出现了。那目光如一把锋利的剑，直直地刺向她的颈部。她都可以感受到颈部的皮肤一阵火辣辣的。她扭了扭脖子，用眼角的余光偷偷打量了一下四周，监考老师仍然悠闲地坐在讲台上，后面依旧空无一人。

是谁呢？

正疑惑时，她突然感觉椅子后背动了两下。她知道，是身后的同学在踢她的椅子——消息到了！她看了看老师的反应，先将脖子扭了扭，又将手伸了过去，装作给后脑勺挠痒痒，趁机把纸条夹在手指间，再顺势攥进手心接了过来。她将纸条压在试卷下小心翼翼地展开。这是她第一次作弊，她只觉得那纸条白得很刺眼，纸条上的字像黑色的蚂蚁似的，爬来爬去，怎么也看不清。她深深地吸了一口气，打算定定神，将纸条上那几个救命的字母填进试卷的空格处。那道目光又从身后射过来，刺得她心里发毛，手心里全是汗，耳边也在不住地嗡嗡作响。一阵风从窗户外吹来，她打了个冷战，心跳得更快了。她感到一种前所未有的压迫感向她袭来。她把纸条紧紧地压在卷子下，一动也不敢动。

"铃铃铃……"铃声传来。

"收卷！"老师的声音响起。

她慌忙交了试卷。"我再也不会作弊了。"她心想。就在此时，身后那道目光突然消失了，她紧张的心情方才放松了些。待她走出考场，无意中回头见到后面黑板报上写着："与诚实携手，与诚信同行。"那一瞬间，她明白了。